La Mèche
4388, rue Saint-Denis, bureau 315
Montréal (Québec) H2J 2L1
editionslameche.blogspot.ca

ET AU PIRE, ON SE MARIERA

ET AU PIRE, ON SE MARIERA

Récit

SOPHIE BIENVENU

LA MÈCHE

Conception graphique : Julie Massy

Dépôt légal, 2e trimestre 2015
Bibliothèque nationale du Québec

Le Groupe d'édition la courte échelle reconnaît l'aide financière du gouvernement du Canada pour ses activités d'édition. Le Groupe d'édition la courte échelle est aussi inscrit au programme de subvention globale du Conseil des arts du Canada et reçoit l'appui du gouvernement du Québec par l'intermédiaire de la SODEC.

Le Groupe d'édition la courte échelle bénéficie également du Programme de crédit d'impôt pour l'édition de livres — Gestion SODEC — du gouvernement du Québec.

Financé par le gouvernement du Canada | Canada

Catalogage avant publication de Bibliothèque et Archives nationales du Québec et Bibliothèque et Archives Canada

Bienvenu, Sophie
Et au pire, on se mariera
Édition originale : 2011.
ISBN 978-2-89707-057-1
I. Titre.

PS8603.I357E8 2014 C843'.6 C2014-942062-5
PS9603.I357E8 2014

Aux hommes de ma vie

Ouais, Aïcha, c'est vraiment mon prénom.

À cause de la chanson, tu sais? Non, tu sais pas. Personne la connaît, mais c'est pas grave. Je sais que j'ai plutôt la tête à m'appeler Rosalie ou Camille, mais je m'appelle Aïcha. Aïcha Saint-Pierre.

Saint-Pierre, c'est le nom de ma mère, et Aïcha... c'est parce que mon père est algérien.

OK, pas mon père «père», mais... le gars avec qui elle était quand elle est tombée enceinte de moi.

Il est resté un bout, quand même. Jusqu'à ce qu'il arrête d'espérer que mes cheveux deviennent bruns et mes yeux aussi. Et ma peau aussi.

Il était nice.

Pis il était beau.

J'ai une photo de lui dans mon sac. Si tu veux la voir, je pourrais te la montrer, à un moment donné. Tantôt, genre... quand ils m'auront rendu mon sac.

Ils vont me rendre mon sac, hein?

Parce que j'ai des affaires importantes, dedans. Ils vont fouiller dedans?

Whatever.

Quand ma mère partait je sais pas où, travailler, qu'elle disait, on restait tous les deux, lui et moi. Dans ce temps-là, j'allais pas à l'école, je m'habillais même pas, et on regardait des films toute la journée en bouffant de la pizza pis des frites. Lui, il aimait rien que les super vieux films, genre *Scarface*, et tout. Moi je préférais les dessins animés, mais ça le faisait chier, les dessins animés, alors j'ai fini par m'habituer à ses trucs.

J'ai appris à parler anglais, à force.

« *You wanna fuck with me ? Okay. You wanna play rough ? Okay. Say hello to my little friend !* »

Et là, après ça, dans le film, Tony Montana sortait son gun et il explosait tout le monde.

Une fois, avec Hakim... Ah... je t'ai pas dit. Son nom, c'était Hakim. Au début, quand j'étais petite, je l'appelais papa, mais tout le monde a commencé à se foutre de ma gueule à l'école, parce que ça se pouvait pas qu'il soit mon vrai père, alors j'ai arrêté. Ça lui a fait de la peine, je pense. Il se sont engueulés, avec ma mère. Il a tellement utilisé toutes les insultes qu'il connaissait qu'il s'est mis à lui crier après en arabe. Mais bon, j'écoutais pas vraiment. Après, il s'est poussé, mais il est revenu. Il revenait tout le temps. Sauf la fois où il est pas revenu. L'autre folle a jeté toutes ses affaires par la fenêtre, en gueulant comme une possédée. Tu l'aurais vue ! Une crisse de malade ! Elle m'a prise comme ça, avec ses ongles qui s'enfonçaient dans mon bras et tout. « Va dans ta chambre, pis restes-y ! » qu'elle m'a crié. Elle avait bien trop peur que je parte avec lui, tsé. C'est ça que j'aurais fait si j'avais su qu'il partait pour de bon.

...

Je me souviens plus où j'en étais.

Ah ouais.

Une fois, donc, on a rejoué *Scarface* presque en entier, Hakim et moi. On le connaissait par cœur. Surtout les bouts où y a du monde qui meurt. Mais y a beaucoup de monde qui meurt, dans ce film-là. Fait que c'est devenu mon film préféré. Tu l'as vu ?

En tout cas. C'est bon. La fille, dedans, celle qui fait Elvira, elle me ressemble, y paraît. Les yeux pis les cheveux. Et les seins, maintenant, mais bientôt je vais en avoir plus qu'elle. Mais moins que toi, je pense. Y sont full gros, tes seins.

Comme ceux de la folle d'Élisanne Blais, sauf que les tiens sont plus bas, pis ils ont l'air plus mous. Ils ont plus l'air de des vrais.

Anyway.

J'aimerais vraiment ça te montrer ma photo d'Hakim. On le voit pas bien dessus, parce qu'il est de profil... pis bon, ma mère le cache à moitié. Mais c'est la seule que j'ai. Il avait les cheveux longs, c'était avant ma naissance. C'était à Kamouraska, ou je sais pas où. Une place avec un K, je me souviens plus. Je lui ai redemandé, à elle, l'autre jour, mais elle m'a pas répondu. De toute façon, elle fait rien que me donner des ordres pis soupirer, quand je suis là. « Tasse-toi ! », « Éteins la télé », « Va jouer ailleurs, j'attends quelqu'un », « Nourris la perruche »...

Sa crisse de perruche... Un jour, je vais la faire cuire, je te jure.

Elle passe son temps à piou-piouter, ou je sais pas quel son c'est supposé faire cet oiseau-là. La seule façon d'y faire fermer la gueule, c'est de lui mettre un drap dessus.

Un jour, j'ai essayé de faire la même chose avec ma mère... T'aurais vu ça, la raclée que j'ai prise, après ! Mais ça valait *totalement* la peine...

Elle était en train de se faire les ongles. Je déteste quand elle fait ça. Elle se croit super importante, encore plus que d'habitude. Elle voulait que je lui apporte le téléphone, parce qu'elle pouvait pas bouger à cause de son vernis qui séchait. « Va le chercher toi-même », j'ai dit.

Elle a commencé à me crier après. J'ai pris le drap de l'oiseau, même pas propre, plein de plumes et de fientes, et tout, pis je lui ai lancé dessus en lui disant : « Ta gueule ! » Après, je me suis poussée vite fait en rigolant.

Je pensais qu'elle allait avoir oublié ou qu'elle serait partie à mon retour de la bibliothèque, mais non. Tu l'aurais vue me secouer ! Une vraie folle ! Violence à enfant et tout. J'aurais pu porter plainte, si j'avais voulu. Mais après, vu que j'ai pas vraiment d'autre famille, on m'aurait p'tête mise dans un foyer avec du monde que je connais pas, et j'aime pas le monde que je connais pas. Il m'aime pas non plus, faut dire, alors ça me dérange pas. Pis comme je connais personne... ben j'aime pas grand monde.

C'est logique.

T'as eu l'air surprise, quand j'ai dit que j'allais à la bibliothèque. J'ai pas l'air de savoir lire, ou quoi ?

Mais non... Je vois ce que tu veux dire. Tu t'attends pas vraiment à ça en me voyant. J'y vais pas pour ça, anyway. Enfin, ouais, des fois je lis, ou je fais semblant pour qu'on me foute la paix. Les fauteuils sont vraiment confortables, pis y a Internet et tout. Pas *tout* Internet, mais pareil... c'est cool. Mieux que dehors, l'hiver.

Mieux que chez nous, en tout cas.

Tsé quand tu te fais comme un peu virer de chez toi par ta mère parce qu'elle a un gars à la maison et qu'elle lui a pas dit qu'elle avait un flo, qu'elle a honte, qu'elle a juste pas le goût de te voir la face, ou qu'elle essaie d'apprendre à parler à son crisse d'oiseau pis que ça te donne envie de te taper la tête contre les murs jusqu'à ce que ça saigne... Y a pas vraiment d'autres endroits où tu peux aller que la bibliothèque.

Parce que des amis, j'en ai pas.

Y a bien Mélissa et Johannie, mais elles sont pas tout le temps là. Et elles aiment pas que je sticke avec elles trop souvent parce que c'est pas bon pour la business. Et aussi parce qu'elles veulent pas qu'un bonhomme m'embarque pour me faire faire des cochonneries en pensant que je suis une pute moi avec. « Y en a, des malades, Aïcha, fais attention », qu'elles me disent.

Elles sont bien placées pour parler. Faut être malade, un peu, pour vouloir coucher avec une pute qui est un gars habillé en fille, non ?

Elles sont cool et tout, mais c'est pas comme si le gars se faisait sucer par leur personnalité, tsé.

Non... Faut être un peu malade, je trouve.

Si t'aimes les gars, t'aimes les gars, j'ai pas de problème avec ça, j'en connais plein, des fifs. Si t'aimes les filles, t'aimes les filles, c'est correct aussi. Mais c'est quoi le but d'aller voir une pute si c'est pas vraiment *une* pute ?

Je suis trop jeune pour comprendre, y paraît.

Mais j'ai demandé au gars le plus vieux que je connais et il sait pas non plus. Monsieur Klop, le patron du dépanneur. Je sais pas quel âge il a, mais il est tellement vieux que non seulement il a du poil dans les oreilles, mais en plus, c'est du poil blanc.

C'est son vrai nom, Klop. Pour vrai, vrai, vrai. J'invente rien, je te jure. Je me fais niaiser parce que je m'appelle Aïcha Saint-Pierre, imagine si je m'appelais Aïcha Klop. C'est juif. Ils peuvent bien se prendre pour d'autres à dire qu'ils sont le peuple élu, et tout... si c'est pour s'appeler Klop, ils peuvent bien se le garder, leur Dieu pis tout ça. Surtout que le vieux, il y croit même pas, en Dieu. Alors t'imagines ? Il s'appelle Klop pour rien.

Moi, je serais en crisse.

Anyway, je suis tout le temps en crisse, y paraît.

Ma mère le dit (mais bon, elle...), mes profs le disent, même Mélissa et Johannie le disent, alors qu'elles font juste ça, insulter tout le monde. C'est quoi l'expression avec balayer l'épine devant ta porte avant de balayer la poutre chez le voisin ?

Ouais, ça. Whatever. Tu vois ce que je veux dire.

...

Des fois j'aimerais ça retourner en arrière quand Hakim était encore là. Avant d'être tout le temps en crisse… Parce que c'est vrai, j'avoue, je suis tout le temps en crisse.

C'était tellement cool, dans ce temps-là, que j'ai déjà eu l'impression que c'était pas vraiment arrivé, que j'avais tout inventé. Que c'était quelqu'un d'autre qui m'avait raconté ça et que je faisais comme si c'était moi. Que j'avais vu ça dans un film, genre. Avec toute cette marde qui est arrivée après, je me disais que c'était pas possible que j'aie été aussi bien à un moment donné.

Tsé ?

Non, OK, tu comprends pas. Je vais essayer de t'expliquer comme du monde.

C'est comme si… Imagine… Tu regardes *Scarface* et tu t'endors au moment où Tony se marie et où tout va bien. Pis quand tu te réveilles, il se fait tirer dessus de tous les bords. T'as l'impression que c'est pas le même film, même si c'est le même acteur et tout.

Mais bon, c'est vrai, tu l'as pas vu. Tu peux pas savoir. Sauf que pour moi, c'était pareil. Tout allait bien. J'avais besoin de rien d'autre que de rentrer à la maison et que Hakim soit là. Qu'il me coupe les croûtes de mes toasts, qu'il m'aide à retirer mes bottes pleines de neige, qu'on se fasse des câlins devant la télé en partageant un Twix et qu'il vienne éteindre la lumière de ma chambre en disant « Bonne nuit, P'tit-cul ».

C'est le bonheur, ça, non ? Te faire appeler « P'tit-cul » avec tellement d'amour dans la voix que tu te le chuchotes sans arrêt en souriant comme une épaisse jusqu'à ce que tu t'endormes. Je faisais ça pour vrai, je te jure.

Si c’est pas ça, le bonheur, je sais pas ce que c’est. Si c’est pas ça, le bonheur, j’en veux pas.

Fait que, c’est ça que je disais. Tout allait bien, puis plus rien. Non... Pas «plus rien», c’est pas vrai. De la marde. Juste ça. Uniquement. Partout, tout le temps. Tellement, que les jours où y en a moins, c’est presque le fun.

C’est normal à force de se faire chier tout le temps d’être en crisse, non?

...

Oui, avec « Sébastien », je me sentais bien.

C'est weird que tu l'appelles de même, « Sébastien ». Personne l'appelle comme ça. C'est Baz, son nom. En plus, t'en parles comme s'il était mort, ou quoi.

Il est pas mort, hein ?

Tu m'as fait peur. Mais avec ma luck, ça m'aurait même pas étonnée.

Je lui ai dit, une fois, qu'il allait certainement se faire écraser par une déneigeuse ou recevoir une balle perdue. Évidemment, il m'a demandé pourquoi. J'allais pas dire « parce que je t'aime », j'aurais eu l'air cave. Fait que j'ai juste haussé les épaules, pis il s'est foutu de ma gueule. Mais pas méchamment. Lui, c'est jamais méchamment.

Il est pas mort, pour vrai, t'es sûre ?

...

Il m'a sauvé la vie, une fois. Ouais. C'est comme ça qu'on s'est rencontrés.

C'est plate ici, non ? On peut pas mettre de la musique, quelque chose ? Je sais pas comment tu fais pour être dans le silence, comme ça. Ça t'étourdit pas, genre ? Moi, quand y a trop pas de bruit, ça me fait comme un ronflement de frigo dans la tête à force que toutes les affaires à quoi je pense s'entrechoquent.

C'est pas le fun.

Mais bon, là, je te parle, alors ça va ; ça m'empêche de penser.

Tu veux que je te raconte quoi ? La fois où il m'a sauvé la vie ? Ou tout ? Tu veux que je te raconte tout ?

Je peux bien.

Mais je t'avertis, j'ai pas les dates exactes, ni rien. Je suis nulle pour les dates et ce genre d'affaires-là. D'ailleurs, Baz a essayé de m'apprendre à jouer de la guitare et j'étais pas mal poche. Tu vas dire que ça a pas vraiment rapport, mais les dates, c'est un peu comme savoir quels doigts mettre sur quelles cases, et quelle corde pincer et tout ça. J'aime pas mal mieux l'écouter jouer. Enfin, le regarder surtout.

Ou alors poser ma tête sur son épaule pendant qu'il joue, et chanter avec lui, mais tout doucement, une toune qui est pas supposée être jouée et chantée tout doucement. « Montréal, tu n'es qu'une salope », chuchoté, c'est pas mal plus poétique.

Anyway.

Ça me fait comme un chatouillement dans le creux du ventre quand j'entends le bourdonnement d'un ampli, maintenant. Un genre de chaud vide. Un trou... Je sais pas. Et aussi le premier accord qu'il fait tout le temps avant de commencer à jouer. Toujours le même. Sa façon de gratter les cordes doucement mais pas trop. J'essaie pas de t'épater genre je m'y connais en musique, là. Mais c'est important, au cas où tu voudrais savoir pourquoi je l'aime.

C'est pour ça, pour sa façon de gratter les cordes, et pour plein d'autres trucs cons et insignifiants comme le petit bout cassé et réparé de sa dent qui est pas tout à fait de la même couleur que le reste. J'ai une liste ; si tu veux, je pourrai te la montrer. Elle aussi, elle est dans mon sac. Tu verras, y a plusieurs feuilles, et plusieurs couleurs de stylos différentes, parce que c'est le fruit d'une longue observation, tout ça. J'ai pas mis de cœurs sur les i, ce genre de conneries. Ça fait full loser. Y a des filles à mon école qui le font. Aussi, elles s'échangent des lettres qui parlent de leurs amoureux et elles gloussent entre elles quand ils passent. Moi pas. J'ai personne avec qui échanger des lettres, déjà. Mais je m'en fous, je trouve ça con anyway. Et je glousse pas non plus quand je croise Baz.

On s'est jamais croisés, de toute façon.

Jamais, jamais, jamais.

On s'est toujours *rencontrés*.

Quand tu croises quelqu'un, c'est comme si c'était pas exprès. Mais nous, c'est pas ça. Nous, c'est toujours exprès. Monsieur Klop, il pense que c'est le destin. Hakim, il disait tout le temps que c'est Dieu qui va jouer dans nos affaires pour les arranger comme il décide. « Inch' Allah, si Dieu veut », qu'il disait. Ça, j'y crois pas trop, ou alors Dieu, c'est un sale con. Mais bon... Que ce soit le destin, le hasard, Dieu ou un flo extraterrestre plein de cash qui s'amuse avec nous comme avec une ferme de fourmis, Baz et moi, on s'est pas croisés.

C'est important que tu le notes, ça.

Tu le notes ?

...

Si tu veux, je pourrai te la prêter, ma liste de raisons de l'aimer. Ou te l'envoyer par la poste, genre. Comme ça t'auras pas à la retranscrire, si t'as besoin. Je m'en fous, c'est pas comme si c'était personnel ou quoi. J'ai crié à toute la ville que je l'aimais, une fois. Enfin, à notre quartier, mais notre quartier, c'est un peu comme toute la ville, quand y fait nuit.

Je lui avais dit que je regardais jamais le ciel, et il a trouvé ça triste. Ça me semblait con, regarder le ciel. C'est comme regarder la télé pas allumée. Des fois y a un avion qui passe, mais tu te dis juste « tiens, y a un avion qui passe », pis tu t'en crisses parce que c'est jamais toi qui es dedans, l'avion.

Enfin, c'est jamais moi.

Tout ça pour dire que c'est plate, regarder le ciel. Tout le monde parle des étoiles, et tout. Dans les films, t'en vois plein quand le gars et la fille sont en amour. À Montréal, personne doit être amoureux, que je me disais, parce que j'en avais jamais vu, des crisse d'étoiles. C'est pour ça que je regardais pas le ciel. Ça me déprimait, que personne s'aime en ville. Donc c'est à peu près ça que je lui ai dit, à Baz. En mieux expliqué, peut-être, mais bon.

Fait qu'il m'a emmenée sur le toit de son bloc pour qu'on regarde le ciel, lui pis moi. Je me suis un peu foutue de sa gueule parce que c'était cheesy à mort, mais c'était cool. Plus que cool, en fait.

...

OK, non, au début, c'était chiant.

Il regardait le ciel, et il faisait rien. Il disait rien. À un moment donné, y a un avion qui est passé, et il a même pas dit « tiens, y a un avion qui passe ». J'ai pas osé lui faire remarquer. Je me suis dit que c'était p'tête un truc genre à l'église où tu dois rester silencieux, ou quoi.

J'ai commencé à me faire chier. J'ai fait comme si j'avais froid pour m'occuper, je me suis massé le cou pour me donner une excuse pour arrêter de regarder en l'air, j'ai essayé de regarder un autre bout de ciel moins plate, mais ça a l'air qu'y en a pas, de bout de ciel moins plate. Fait que j'ai regardé ailleurs, pis tu sais quoi ? J'avais jamais vu Montréal la nuit, de si haut.

J'ai pleuré un peu.

Pas pleuré «pleuré», là. Pleuré juste un peu. D'émotion, genre.

Je me suis rapprochée de lui, il regardait toujours le ciel, pis je lui ai pointé, par là-bas, toutes les lumières des réverbères, des voitures et des buildings, et je lui ai dit: «Les étoiles, c'est là qu'elles sont.»

Pis on s'est embrassés. La première fois. Comme dans les films, c'était. À part que les putes en bas s'engueulaient avec le voisin fif qui appelle tout le temps son chat en pleine nuit. Et qu'y avait comme une odeur de pisse. Et que la musique, c'était pas de la musique de film d'amour, c'était une vieille folle soûle qui chantait *My Heart Will Go On* à l'Astral.

Ça a juste duré quelques secondes, notre baiser, puis il a mis son bras autour de mes épaules. Et tout ce temps-là, même quelques heures après, j'avais l'impression que tout ce que je voyais était à moi.

J'ai eu envie de me pencher dans le vide et de gueuler «*I am the queen of the world*», mais c'est crissement haut, de un, et de deux, j'ai même pas aimé *Titanic*. Ou juste ce bout-là, même si c'est un bout de fille. Donc j'ai crié: «Je t'aime!»

Y a un gars qui m'a dit de fermer ma gueule, alors je l'ai envoyé se faire foutre.

...

Non, OK, c'est pas vrai, j'ai pas crié ça.

Mais ça aurait été le fun. J'aurais voulu crier ça. Si on avait frenché pour vrai, je pense que je l'aurais fait.

Sauf que là, non.

Heille ! J'ai pas tout inventé, hein ! C'est vrai, l'histoire du toit, et tout. C'est tout vrai, sauf qu'on n'a pas frenché. Mais les putes qui s'engueulaient, l'odeur de pisse et la femme au karaoké, tout ça, c'est vrai.

Et son bras autour de mes épaules.

Et Montréal m'appartenait pour vrai, tout ce temps-là. Enfin, tu vois ce que je veux dire...

Tu vois ce que je veux dire ?

...

Attends, j'ai pas fini de te raconter. Si tu me mêles, je vais en perdre des bouts. J'étais supposée t'expliquer comment on s'est rencontrés, Baz et moi.

C'est une cool histoire. Presque aussi cool que celle du toit. Même sans le french.

C'était un jeudi. Je m'en souviens parce que, ce jour-là, j'avais emprunté deux piasses à Jo. Je lui ai dit que j'allais lui remettre, et elle m'a répondu : « Pas besoin, c'est jeudi, c'est jour de paie. » Pis elle a eu l'air de trouver ça ben drôle, et Mel aussi. Je l'ai pas pognée, moi.

Mais bon, tout ça pour dire que c'était un jeudi, et que je m'en souviens à cause de ça.

Le deux dollars, c'est pas vrai que j'allais y remettre. Je me suis rendu compte que deux dollars, c'est le montant que tu peux emprunter, dire que tu vas le remettre, pis jamais le remettre. Personne s'obstine jamais pour deux piasses.

Y suffit juste de jamais demander à la même personne deux fois de suite, ou alors de lui demander quand elle est ben de bonne humeur. Ça marche même avec ma mère, cette affaire-là, je te jure. Elle se sent tellement coupable d'être conne que, des fois, je peux même réussir à avoir un cinq. Au-dessus de ça, elle me demande ce que je veux faire avec. Pis j'ai pas envie d'y dire.

Je fais rien avec, c'est ça le pire. C'est juste le fun de voir qui va te prêter combien et comment. C'est comme une étude que je fais, genre... Anyway, à coup de deux piasses, c'est pas comme si j'allais me payer un safari en Afrique.

Je veux pas y aller, de toute façon, en Afrique.

Fait que c'était un jeudi. Mais c'est pas vraiment important, je disais ça juste pour te situer. Une introduction, genre.

J'aime pas trop ça traîner dans la rue juste sans but, de même. L'hiver, y fait frette, et y a plein de gens que je connais pas ; pis l'été, y fait trop chaud, et y a encore plus de gens que je connais pas. Pis en plus, y suent. Fait que ça pue. J'haïs ça.

Mais bon, là, j'étais dehors juste de même, je devais filer aventureuse, ou je sais pas quoi.

OK, pour vrai, j'avais juste le goût de m'asseoir sur le canard à ressort, au parc. J'ai pas souvent envie de penser, mais quand ça me tente, ça marche mieux sur le dos d'un canard. C'est l'effet de balancier, je sais pas. Me semble que ça réfléchit mieux. Y a toujours plein d'idées qui me viennent. Ça me détend des fois. J'irais pas, sinon ; c'est un vrai chiard après. Tu viens les chaussures pleines de sable, et t'en retrouves partout, jusque dans ta raie de fesses, pendant genre quinze jours.

OK, pas quinze jours, là... mais ça file comme quinze jours.

Mais bon, des souliers pleins de sable, c'est toujours mieux que de piler sur une seringue. Enfin, c'est ce qu'on dit. Parce que personnellement, j'ai jamais pilé sur une seringue. Je suis sûre que toi non plus.

C'est le genre d'histoire qui fait peur à tout le monde et qui arrive jamais à personne. Une légende urbaine, que ça s'appelle. Des seringues, y en a, mais personne s'en est jamais planté une dans le pied. Parce que je vois pas qui serait assez con pour se balader nu-pieds dans un carré de sable. Avec la merde de chien, pis les condoms, pis tout. Pis les seringues, justement.

Tu vois, que ça a pas de sens ?

Anyway... J'étais sur mon canard et je réfléchissais à des trucs. En fait, je me balançais et j'essayais de voir si mon cerveau touchait l'intérieur de mon crâne quand je bougeais la tête. J'avais un peu l'air mongole, quand j'y repense.

Y a un gars qui est venu s'asseoir sur le cheval, à côté de moi. Le genre de gars qui pisse dans une ruelle avec la graine même pas cachée pis qui pue la vieille vinasse pis le crack.

« T'as pas du cash ? » qu'il m'a demandé. J'ai dit non. J'avais le deux piasses de Jo, mais je voulais pas lui donner. Il s'est levé, pis il a fait semblant de se pousser, mais il est revenu et il m'a dit : « T'es sûre ? » Pis j'ai répondu :

«Ouais, chu sûre, décâlisse, vieux puant», ou un truc du genre, et j'ai continué de me balancer. Y s'est mis à me crier après et tout. Je voulais me lever, mais je me suis dit qu'y pourrait rien me faire si je restais sur mon canard. Tsé tu peux comme pas violer une fille qui est assise, faut bien que ça rentre quelque part. Il aurait pu me faire tomber du canard, ou me taper dessus jusqu'à ce que je meure, ou me forcer à le sucer, ou me voler mon deux piasses, ou une combinaison de tout ça.

J'étais pas mal dans marde, mettons.

Je voyais rien d'autre que le gars, j'entendais rien d'autre que lui qui gueulait. Personne m'avait jamais battue, je me suis demandé si ça faisait mal. J'étais sûre que ça allait faire mal.

P'tête qu'on m'aurait amenée à l'hôpital où travaille ma mère. J'aurais été tellement maganée que j'aurais juste pu marmonner «hôpitaaaaaaaal Jean... Jean... Jean-Taloooon», tsé genre en soupirant, comme dans les films, là. Parce que c'est là que ma mère travaille. Ils m'auraient pas amenée là anyway, parce que Notre-Dame est juste à côté, mais ça aurait fait full dramatique. Pis là, une fois que je serais arrivée là-bas, ma mère aurait genre tellement pleuré parce que j'allais mourir et tout, et moi, avant de crever, j'aurais juste dit: «M'man, je... je... je...»

Pis je serais morte.

Et elle aurait jamais su «je quoi».

Fait que tu penses bien que j'étais comme un peu déçue quand j'ai entendu: «Heille!» OK, pas vraiment déçue, parce que j'aimais pas le bout où je me faisais péter la gueule, mais mettons que je meure un jour pour une raison indépendante de ma volonté, je vais lui faire le coup, à ma mère.

Fait que bref.

C'était Baz, le « Heille ! »

Toute ma vie, je vais me souvenir du feeling que j'ai eu quand je l'ai vu. Pour vrai, là. Quand je vais mourir, je vais m'en rappeler encore. Je vais faire le truc avec ma mère, là, ça c'est clair, mais *après*, je vais me souvenir de la première fois que j'ai vu Baz. Je sais pas comment t'expliquer la sensation. C'était comme si je venais de me faire mordre par un vampire qui m'aurait toute vidée de mon sang et qu'on me l'avait instantanément remplacé par du Coke. Comme la fois que je fouillais dans les affaires de ma mère et que j'ai reçu une boîte en carton pleine de linge d'hiver sur la tête. BANG !

Tu sais, tout ce qu'on dit sur le coup de foudre ?

Ben ça a fait ça.

J'ai failli me casser la gueule de mon canard.

Je suis devenue sourde un bout, et j'ai vu un peu flou, alors je sais pas comment ça s'est passé, mais le méchant s'est poussé et j'ai juste hoché la tête quand Baz, mais je savais pas encore qu'il s'appelait Baz, m'a demandé si j'étais correcte.

Il s'est éloigné, je suis descendue de mon canard, pis je l'ai suivi. Comme un chat.

Tsé, des fois, ils font ça, les chats. Ils te suivent, tu sais pas pourquoi. Tu t'arrêtes, tu te retournes, tu les regardes, ils s'arrêtent, ils te regardent... Tu repars, ils repartent, tu t'arrêtes, ils s'arrêtent...

C'est ça que j'ai fait. Je l'ai suivi jusque chez lui, sans essayer de me cacher, mais à distance raisonnable. Pas exprès, là. Pas genre boulet-stalkeuse-folle.

OK... p'tête un peu.

Mais j'avais besoin de rester proche. Tu te rends compte, si je l'avais pas suivi, j'aurais pu ne jamais le revoir ! J'aurais préféré me faire dépecer, couper en morceaux pis manger... ou même pire que ça par le gars du parc, tant qu'à y être.

Il est rentré chez lui. J'avais peur que ce soit pas chez lui, que ce soit juste chez un ami, ou quoi, pis qu'il revienne jamais dans le coin.

Je suis restée un peu en bas, en face, à observer les fenêtres et à me demander en arrière de laquelle il était.

Il a fini par regarder par celle du milieu, et il m'a fait salut avec sa main.

J'ai pas répondu, pis je suis partie à la course.

Anyway, je trouve ça con, un chat.

Je peux-tu avoir un autre verre d'eau ?

Ou un jus ?

Me semble que ce serait le fun si y avait du jus, parce qu'on va être là encore un bout, j'ai l'impression.

Pas que j'aime raconter ma vie, là... Mais j'ai pas trop le choix si je veux sortir Baz du trouble, hein ? Tu me crois quand je te dis qu'il a rien fait, right ?

...

C'est drôle comment t'écarquilles les yeux, des fois. Au début, je pensais que c'était parce que je disais une connerie, mais tu le fais tout le temps, même quand je dis pas de connerie. T'as les yeux secs ?

Ma mère, quand elle a les yeux secs, elle met des gouttes. Pourquoi tu mets pas de gouttes ? Je peux te laisser deux minutes pour que t'ailles faire ça aux toilettes, si tu veux. Fais-le pas dans ma face, ça me dégoûte profondément, le monde qui se taponne les yeux, c'est dégueu. Pis en revenant, tu pourrais aller voir si y aurait pas du jus.

Ou je peux y aller moi-même, peut-être ?

OK, je reste ici. Mais arrête de faire ça avec tes yeux, sans farce, ça me fait freaker.

Je fais ce rêve, souvent. Un cauchemar, en fait. J'ai des globes oculaires sur la langue et je peux pas parler. J'en ai plein la gueule, pas moyen de les enlever. J'essaie de crier, mais ça marche pas, je peux pas non plus fermer la bouche, fait que j'essaie de les avaler, mais y en a trop, je les croque, mais c'est vraiment, vraiment dégueulasse, ça squishe pis ça jute, ça me fait vomir, et je finis par m'étouffer dans mon vomi d'œils.

C'est dégueulasse, hein ?

J'ai googlé, une fois, pour savoir si ça avait une signification, mais j'ai pas trouvé. Ça veut dire quoi, tu penses ?

En même temps, je m'en fous. C'est juste un rêve...

Donc après... ouais...

J'y suis retournée, en bas de chez lui. Une ou deux fois, genre. P'tête plus.

Fallait que je le revoie. Pour lui dire merci, et tout.

Ou juste pour le revoir.

Mais bon, au bout d'un moment, je me suis tannée, tsé. Quand ça fait deux semaines que tu squattes devant chez quelqu'un matin, midi, fin d'après-midi et soir, tu finis par perdre espoir, non ?

En tout cas...

J'ai décidé de laisser tomber, et je suis allée penser sur mon canard. J'étais en peine d'amour.

J'avais piqué son paquet de clopes à ma mère et j'avais essayé d'embobiner monsieur Klop pour qu'il me vende de la bière parce que c'est ça que les gens font quand ils ont une peine d'amour. Ils fument et ils boivent. Il avait refusé, ce vieux Juif, alors j'avais acheté du Canada Dry. Au moins, il m'avait mis la canette dans un sac en papier.

C'est déjà dégueulasse, comme feeling, d'avoir le cœur brisé, mais avec le goût de la cigarette c'était vraiment infect.

J'allais jeter la cig, mais je me suis trouvée cute avec. Je ressemblais encore plus à Elvira, en fumant (tsé, la blonde de Tony Montana, je t'en ai parlé, tantôt). Je me regardais dans la vitre d'un char, alors je l'ai pas vu arriver.

Quand je fais un truc, j'ai comme aucune notion de ce qui se passe autour de moi. C'est un défaut que j'ai. Je suis pas comme un oiseau ou une mouche, tsé, qui a des yeux tout le tour de la tête. Ou une araignée qui a autant d'yeux que de pattes. Ça a autant d'yeux que de pattes, une araignée ?

Whatever.

Il est venu s'asseoir sur le cheval à côté du canard, pis il m'a dit allo. J'ai sursauté et je l'ai regardé sans répondre. Il m'a dit qu'il était désolé, qu'il voulait pas me faire peur.

« Tu m'as pas fait peur, j'ai répondu.

— C'est quoi ton nom ?

— Aïcha.

— T'as quel âge ?

— Dix-huit. »

Normalement, je suis bonne pour doser les mensonges que je dis. J'exagère des fois, mais je reste très raisonnable dans mon arrangement de la vérité. Là, j'ai paniqué, j'ai dit dix-huit. J'aurais aussi bien pu dire «cinquante-neuf, mais j'ai une maladie congénitale» que ça aurait été aussi crédible. Il a eu l'air étonné. J'ai haussé les épaules, et j'ai dit : «OK, quinze.»

Ça a eu l'air de lui convenir, comme réponse. Une chance, parce que j'avais autre chose à foutre que de marchander sur mon âge pendant toute la soirée.

«Tu me donnes une cigarette ?» il a demandé.

«Tiens, tu peux prendre le paquet, j'ai décidé d'arrêter», j'ai répondu.

Il a rigolé.

Je voulais lui demander son nom et tout, mais je trouvais ma voix trop nulle. J'avais peur que ça sorte tout croche. Tu sais quand tu veux dire un truc, mais que ça sort pas ? Quand tu veux dire à quelqu'un que tu l'aimes, par exemple, mais que t'en es physiquement incapable parce que c'est des mots trop gros pour ta bouche, genre, ou que t'as l'impression que ça va créer une avalanche et que tu vas être ensevelie sous toutes les émotions que ça va engendrer ?

Non ? OK, c'est p'tête juste moi.

Mais bon, anyway, je tournais ma langue dans ma tête et pas moyen de lui demander son nom. Une chance qu'il a lu dans mes pensées, sinon...

Cette fois-là, on a juste parlé un peu. En fait, il me posait des questions et je répondais. Mais je pouvais pas me concentrer en même temps sur mon cœur (pour qu'il n'explose pas, genre) et sur mes réponses, fait que je disais n'importe quoi au début. Alors j'ai essayé de limiter les dégâts : j'ai juste hoché la tête.

À un moment donné, c'était rendu trop d'émotions et j'aime pas les émotions, alors j'ai dit que je devais y aller. Mais je lui ai demandé s'il allait être là le lendemain.

Je voulais lui poser aussi la question pour le surlendemain et le jour d'après jusqu'à la fin des temps, mais je l'ai pas fait non plus. Si je faisais tout le temps ce que je veux, les gens me prendraient pour une malade mentale.

Quand je suis rentrée à la maison, j'étais tellement contente que je me suis assise sur le canapé à côté de ma mère, cette folle. Elle a eu l'air full étonnée et elle m'a demandé si j'allais bien. J'ai dit oui.

Après, elle a senti que j'avais fumé alors elle s'est mise à gueuler.

Je suis allée m'enfermer dans ma chambre, et parce que je trouvais ça dégueulasse qu'on me gueule après alors que j'étais si heureuse, j'ai pleuré.

Tu vois comme elle est chiante? Elle vient tout le temps tout gâcher. Elle s'enlignait pour tout gâcher avec Baz comme elle gâchait tout avec Hakim.

«Tu l'as pas encore envoyée à l'école?», «Qu'est-ce que vous avez fait toute la journée?», «Vous étiez où?», «Habille-toi, Aïcha, tu peux pas te balader en slip tout le temps, t'es grande, maintenant!»

J'aimais ça, me promener en bobettes, parce que sa peau touchait ma peau quand on se faisait des câlins sur le divan. Parfois ses doigts me chatouillaient. Un chatouillement le fun.

...

Je te parle d'Hakim, là, hein?

Je me promène pas en bobettes devant Baz, t'es folle ou quoi? Jo dit qu'il faut cultiver le mystère. C'est un peu «fais ce que je dis, pas ce que je fais», parce qu'en matière de mystère, elle est mal placée pour parler, avec sa jupe qu'on sait pas si c'est une jupe ou une ceinture pis sa camisole en filet qui montre son soutien-gorge qui a rien à soutenir.

Cultiver le mystère, ouais. Je fais ça tout le temps, pas besoin de me le faire dire. Je joue la hard-to-get. Ça, c'est un conseil de Mélissa. Pis *hard-to-get*, je te préviens tout de suite, c'est pas le film avec Bruce Willis, là. Non, non. Ça veut dire que tu fais comme si tu t'en foutais, même quand tu t'en fous pas.

J'ai plein d'exemples...

Au début de notre relation, je passais des journées entières à attendre qu'il passe, mais je faisais semblant que c'était pas ça que je faisais.

Ça a été très difficile, parce que mine de rien, y a pas grand-chose à foutre dans la rue ou dans le parc aux canards, quand t'es plus une enfant. Dans le temps, je pouvais jouer à aligner des cailloux, ou faire des expériences sociologiques avec des fourmis, mais là, je voulais pas que Baz pense que j'avais genre douze ans.

Puisque j'étais supposée en avoir quinze.

Une fois, je l'ai rencontré dans la rue avec sa guitare sur le dos. Je lui ai demandé où il allait, mais en ayant l'air de faire la conversation, pas comme si ma vie dépendait de sa réponse, tsé.

« Je dois faire réparer le blablabla du blablabla de ma guitare, qu'il m'a dit.

– Ah, j'ai répondu en faisant semblant de m'en foutre.

– Toi, tu fais quoi ?

– Oh... tu sais... la routine... Je peux pas rentrer chez moi parce que ma mère a un gars à la maison, pis ils fourrent dans le salon.

– Euh... OK... »

Il avait l'air full mal à l'aise. J'en ai rajouté un peu.

« Fait que là, j'attends que Mélissa et Johannie arrivent, pis je vais certainement chiller un peu avec elles en attendant leurs clients.

– C'est qui, Mélissa et Johannie ?

– Ben, mes amies putes.

— Euh… OK, non… euh…

— Je suis jamais allée dans un magasin de musique.»

Il m'a demandé si je voulais venir avec lui, j'ai répondu que je savais pas (hard-to-get), mais finalement j'ai dit oui.

On a marché jusqu'à la station Berri-UQAM et après on a pris le métro. C'était un peu comme notre première date.

Il a déposé sa guitare, pis ça a été vraiment très long pis plate. Le barbu du magasin lui a montré plein de nouveaux trucs, il lui a fait essayer plein d'instruments. J'osais rien toucher parce que j'avais peur de faire du bruit ou de briser une bébelle à huit mille dollars.

Quand on est sortis, il m'a demandé si j'avais faim.

Lui, il avait faim.

«T'es déjà allée au marché Jean-Talon? C'est là qu'ils vendent les meilleurs sandwichs merguez en ville!»

J'ai eu mal à la gorge.

Hakim disait tout le temps que les Québécois savent pas faire les sandwichs merguez, ou alors que pour en avoir un bon, fallait vendre un rein pour l'acheter. C'était un des trucs qui le fâchaient.

«Tu sais pas ce que c'est si t'es jamais allé en Algérie. Les Québécois, ils y connaissent rien», que j'ai répondu à Baz en haussant les épaules.

Il m'a regardée d'un air drôle. Avec un petit sourire genre «ça m'amuse que tu me prennes pour un con».

«T'es déjà allée en Algérie, toi, Aïcha?

— Non.

– Et t'as déjà mangé un sandwich aux merguez ?

– Non.

– Alors t'es une vraie Québécoise. Tu connais rien là-dedans. »

Et il a rigolé.

Moi, j'ai un peu boudé parce que ça m'énerve, de faire rire de moi.

Si j'avais su comment rentrer chez moi, je me serais poussée.

Il a continué à parler, mais je faisais semblant de pas écouter. Il me faisait l'historique du coin. J'avais plein de répliques super méchantes, du genre : « Si c'est vraiment le meilleur quartier du monde, ici, pourquoi t'as déménagé ? Reviens-y ! » Mais on niaise pas avec le boudage.

On est finalement arrivés à son magasin puis il a commandé deux sandwichs. Il m'a demandé : « Tu veux quelque chose à boire, avec ? Un Coke ? »

Le vendeur a répondu qu'ils avaient pas de Coke, mais du Selecto.

J'ai eu mal à la gorge, pis j'ai répondu :

« Le Selecto, ici, y goûte pas la même affaire qu'en Algérie. »

Il m'a regardée drôle, lui avec. Si j'avais pas été encore en plein boudage, je l'aurais envoyé chier.

On s'est assis sur des blocs de béton et on a mangé nos sandwichs. Je te jure, je voulais pas aimer ça. J'ai tout fait pour pas aimer ça.

« Alors, c'est pas pire pareil, hein ? que Baz m'a demandé quand j'ai eu avalé tout mon sandwich.

— Hm.

— C'est quoi l'affaire avec l'Algérie ? Tu veux me raconter ?

— Hm.

— T'en veux un autre ?

— Hm. »

Je l'ai attendu sur le bloc de béton pendant qu'il allait nous chercher d'autres sandwichs.

J'étais frue, mais je le trouvais encore beau. Fait que je me suis dit que comme j'irai jamais en Algérie, j'étais aussi bien d'apprécier le savoir-faire québécois en matière de sandwich merguez. Parce que mine de rien, cette journée-là, le cul sur un cube de béton, c'est le meilleur sandwich que j'ai mangé de ma vie.

Je lui ai pas raconté « l'affaire avec l'Algérie » cette fois-là. Tu cultives pas le mystère en racontant ta vie à la première occasion.

Au bout de quelques rencontres, il a fini par m'inviter chez lui. En fait, c'était quelques semaines après le magasin de musique. Je lui ai demandé si sa guitare était réparée et il m'a dit que oui.

« Tu joues bien ? » je lui ai demandé. Il a haussé les épaules et mon ventre a gargouillé. Je sais pas pourquoi, j'avais même pas faim. Le midi, j'avais mangé un reste de pâté chinois que ma mère avait fait la veille pour moi, parce que j'aime mieux ça réchauffé.

Tu lui diras pas que je te l'ai dit, mais le pâté chinois de ma mère, il kicke des culs. Ça fait des années que ça me fait chier que ce soit si bon, quelque chose que c'est elle qui a fait. Tsé, c'est comme Hitler. Si ça se trouve, son gâteau au chocolat kickait des culs lui aussi, mais c'est pas trop publicisé. Personne voudrait manger même le meilleur gâteau du monde si c'était lui qui l'avait fait, non ?

Ben moi, c'est pareil avec la cuisine de ma mère.

« T'as faim ? qu'il m'a demandé.

— Non...

— Tu peux me le dire, si t'as faim. T'as faim ?

— Ben... pas vraiment. J'ai mangé une toast au beurre de pinottes hier soir. Ma mère a oublié de racheter du pain, alors c'est ça que j'allais acheter. »

J'ai ouvert ma main pour lui montrer le deux piasses que je venais de quêter à la voisine : « Ma mère a oublié d'acheter du lait et j'ai pas assez d'argent dans mon cochon, est-ce que vous pouvez me prêter un dollar ? Je vais vous le rendre le mois prochain, quand j'aurai eu mon argent de poche... » Elle m'avait donné une pièce de deux en me disant que je pouvais la garder.

Je sais pas pourquoi y a des gens qui tapent sur les vieux pour leur prendre leur argent, alors qu'il suffit de leur faire pitié.

Anyway.

Il m'a demandé quand ma mère allait revenir et j'ai haussé les épaules.

« Je sais pas. »

Il a grogné un « tabarnak », pis il m'a invitée à venir souper chez lui.

Comme quoi la pitié, ça marche pas juste avec les vieux.

Ce soir-là, il m'a posé plein de questions, encore. Jusqu'à ce qu'il se rende compte que je répondais rien qu'à moitié parce que les questions, ça me fait chier. Mentir, c'est fatigant, et voir la face du monde changer quand tu leur réponds la vérité, c'est déprimant.

Il était rendu tard, mais j'avais pas envie de partir. Je lui ai demandé de me jouer une toune. Pis une autre. Pis encore une autre.

J'aurais pu l'écouter toute la nuit.

Sauf que ça peut jamais se passer comme j'aimerais. Il a reçu un texto, puis il m'a raccompagnée chez moi.

« Je vais rester ici en bas. Quand tu seras en haut, fais-moi signe par la fenêtre.

— Pourquoi ?

— Parce que. »

Je suis montée, je lui ai fait signe, et il est parti, pas vers chez lui.

J'avais envie de le suivre, c'est sûr, mais je l'ai juste regardé partir jusqu'à ce qu'il tourne le coin. Et un peu après, en espérant qu'il repasse.

Avec ces conneries, j'ai pas entendu ma mère rentrer.

« Aïcha, qu'est-ce que tu fais encore debout ? Qu'est-ce que tu regardes par la fenêtre ? Pourquoi t'as pas mangé le gratin de pâtes pour souper ? T'as fait tes devoirs ? »

Comme je te disais tantôt, mentir, c'est fatigant, et voir la face du monde changer quand tu leur réponds la vérité, c'est déprimant.

Fait que j'ai juste répondu « il est dégueulasse, ton gratin », pis je suis allée me coucher.

J'espère qu'elle va en refaire pareil.

Parce que, tu sais, Baz, il est parfait, sauf un défaut : il fait super mal à manger.

Une fois, je suis arrivée chez lui et il était en train de couper de la viande avec son super couteau chié par les dieux que je peux pas toucher parce qu'il est trop merveilleux, mais surtout trop coupant.

« Tu fais quoi ? je lui ai demandé.

— Un tartare de bœuf. T'en as déjà mangé ?

— Non. Mais ça ressemble à quand ma mère fait des boulettes.

— Je pensais qu'elle cuisinait pas, ta mère... »

J'ai haussé les épaules.

Tu vois quand je te disais tantôt que mentir, c'est fatigant ? Ben voilà. Bel exemple. Je me souvenais plus que je lui avais dit que ma mère cuisinait pas. Tsé, quand t'es bien avec quelqu'un, des fois, tu baisses ta garde et t'oublies tes mensonges.

C'est à ce moment-là que j'ai pris la décision de ne plus lui raconter de conneries, jamais.

Ou au moins d'essayer.

Mais bon, bref.

Je sais plus où j'en étais.

Ah oui ! Tu sais qu'un tartare de bœuf, ça se mange *cru* ? Genre il le fait pas cuire, ni rien ! C'est comme des sushis, mais en viande. Et tu sais toutes les maladies que tu peux attraper, à manger des affaires crues ?

Tu peux mourir.

Et pas juste mourir, mourir, là. Mourir en souffrant comme un ver de terre coupé en deux. Pire, même, parce que je sais pas si ça souffre, un ver de terre. En tout cas, tu vois ce que je veux dire.

C'est aussi pour ça que j'ai décidé de ne plus lui mentir. Je voulais pas être obligée de manger ce truc-là et possiblement d'en crever, juste parce que je jouais le rôle de l'affamée pour l'attendrir. Anyway, on n'en était plus là dans notre relation.

Pendant qu'il coupait les patates pour ses frites (je savais pas que ça se faisait soi-même, des frites, mais j'ai rien dit pour pas avoir l'air d'une conne), il m'a dit qu'il voudrait être chef.

« Chef de quoi ? » j'ai demandé.

Chef, c'est cuisinier, mais plus hot, d'après ce qu'il m'a expliqué. Il a rigolé et il m'a dit que j'avais pas l'air convaincue.

« J'aime mieux quand tu joues de la guitare que quand tu cuisines.

— Alors mon défi, ça va être de te faire aimer les deux égal ! »

Il a essayé de me fourrer un morceau de sa viande crue dans la bouche et je me suis cassé la gueule du tabouret en l'évitant.

Quand j'y repense, ça me fait penser à ces films où les amoureux se lancent de la crème fouettée dessus et finissent par baiser dedans. Sauf que là, c'était de la viande crue qui pouvait potentiellement me tuer.

...

Ouais, non, c'est pas tout à fait la même chose, t'as raison.

Moi aussi je lui ai dit ce que je voulais faire. Genre, plus tard.

« Je sais pas trop ce que je voudrais être. Dans le temps, je voulais devenir une pute, mais ça a pas l'air si le fun que ça, finalement. Mel et Jo se plaignent tout le temps que leurs clients sont pas respectueux et tout.

En fait, je voudrais être une pute, oui, mais juste avec un client. Un respectueux. Un qui me demande comment s'est passée ma journée et qui me fait couler un bain. Je lui ferais à manger, pis je m'occuperais de la maison, ou alors on aurait une femme de ménage. Je serais amoureuse de lui, et lui de moi, et il me laisserait faire ce que je veux, genre partir en Afrique en vacances, regarder des vieux films toute la journée, ou je sais pas quoi. On aurait vraiment une belle vie, et j'aurais plus à me soucier de rien, jamais. Financièrement, et tout.

On aurait un contrat qui dit que je peux juste être sa pute à lui, et lui mon client à moi, et qu'il doit s'occuper de moi, et moi de lui. Ce serait la loi.

Mais au pire, si c'est trop compliqué, on se mariera.»

Baz a bu une gorgée et il a dit, comme juste pour lui-même, quelque chose du genre: «Françoise David serait fière.»

Je sais pas c'est qui, Françoise David. Je m'en fous qu'elle soit fière.

J'ai haussé les épaules.

C'était bien beau, toutes ces soirées passées avec lui à l'écouter jouer de la guitare ou à le regarder expérimenter ses trucs de bouffe pas mangeables, mais au bout d'un moment, j'ai eu envie de plus.

Au bout d'un moment, j'ai eu envie d'une nuit.

Je m'étais arrangée pour m'engueuler avec ma mère ben comme faut. J'aurais pu mentir à Baz, mais j'étais toujours à fond dans ma résolution de ne plus lui raconter de conneries.

J'ai lancé un verre dans l'écran de télé pendant *Grey's Anatomy*. Il a explosé en dix mille morceaux.

Je sais pas si c'est le fait que j'aie bousillé l'écran plat ou parce que je lui ai fait manquer la fin de sa série préférée... Je vois pas le but de regarder cette série à la con quand tu travailles déjà dans un hôpital. Tu regardes des séries télé sur des travailleuses sociales, toi ? Mettons que ça existe ?

Anyway.

Je suis sûre qu'elle fait ça parce qu'elle voulait être infirmière, dans la vie, mais qu'à la place elle est tombée enceinte de moi et qu'elle s'est ramassée à torcher des vieux mourants. C'est pour ça qu'elle me rend la vie impossible. Parce que j'ai gâché la sienne.

Mais bref, tout ça pour dire que j'ai réussi mon coup, j'ai brisé la télé pis elle a gueulé. Elle m'a même dit que j'étais possédée et tout. J'ai essayé qu'elle me tape assez fort pour que ça paraisse, mais elle a pas les couilles pour le faire. Elle pleure, à la place.

Elle pleure tout le temps.

Si j'avais l'énergie, j'aurais pitié.

...

Elle est partie travailler et, dix minutes après, je suis arrivée chez Baz en pleurant. Je lui ai dit que ma mère avait sauté une fuse, qu'elle avait cassé la télé et tout...

Ouin. T'écarquilles. T'as les yeux secs ou tu trouves ça grave ? Mais c'était comme pas vraiment un mensonge, c'était arrivé pour vrai, non ?

Anyway, c'est ça que j'ai fait. « Je peux dormir chez toi ? je lui ai demandé.

— T'as de l'école demain ?

— Non...

— Non ?

— OK, ouais, mais c'est pas important. On fait genre un herbier, ou je sais pas quoi.

— Tu me fais capoter, Aïcha.

— Dans le bon sens du terme ? »

Il a juste... je sais pas comment ça s'appelle, quand tu fais ça. Tsé comme un genre de souffle mi-amusé mi-blasé.

Au début, il voulait dormir sur le canapé, mais je lui ai dit que je suis toute petite et que j'allais pas prendre de place dans son lit. Il a dit que c'était pas ça, le problème. J'ai demandé c'était quoi, mais il a pas répondu.

Tu sais ce que c'était, le problème? C'était qu'il avait peur de bander. Ça les gêne, les gars, quand ils bandent et qu'ils sortent pas avec la fille. Je lui ai dit: «Tu sais, c'est pas grave, t'as pas à être gêné si tu bandes, ça me fait plaisir.»

Fait qu'il a dormi sur le canapé.

J'ai réfléchi, ressassé... j'y ai repensé toute la nuit, mais j'ai pas réussi à comprendre où j'avais merdé.

Il m'avait prêté son t-shirt pour que je dorme avec.

Avec son chandail et dans ses draps, dans son odeur, j'avais l'impression qu'il était avec moi, qu'il me touchait. Doucement, juste en effleurant. J'ai murmuré son nom.

Il est venu me rejoindre dans son lit. Il m'a embrassée dans le cou, il a soulevé le t-shirt pour me lécher les seins. Même s'ils sont tout petits, ça m'a quand même fait plein d'effet. Il a glissé ses doigts dans ma culotte. Je respirais de plus en plus fort, mais je savais pas si c'était correct, si j'étais censée faire du bruit, alors j'essayais de me retenir. J'avais envie de le toucher, moi aussi, mais j'osais pas. Alors il a pris ma main et il l'a mise sur son... truc. Je savais pas quoi faire avec et j'étais gênée. Il m'a dit que c'était pas grave, qu'on allait aller doucement. Il a continué à me caresser. Quand il s'éternisait à un certain endroit, ça me rendait électrique et j'avais du mal à me retenir de crier. C'était comme rien que j'avais déjà expérimenté. Des chatouillements le fun, mais fois mille. Plus il jouait avec moi, plus ça devenait mouillé. Tellement que ça coulait entre mes fesses, un peu. Je sais pas si c'était supposé faire ça, j'avais peur que ça tache ses draps, mais ça avait pas l'air de le déranger. Il m'a chuchoté à l'oreille de me laisser aller, et il a enfoncé son doigt en entier. J'ai crié un peu, parce que c'était bon.

C'est malade comme c'était bon !

On t'a déjà fait ça, à toi ?

Hm. T'es pas obligée de répondre.

Il m'a dit plein de fois « laisse-toi aller, laisse-toi aller, laisse-toi aller ». Il a mis deux doigts. C'est beaucoup, deux, mais c'était encore meilleur. J'aurais voulu qu'il me les mette tous, mais j'ai pas osé demander. Mon ventre réclamait qu'il les mette tous.

J'ai dû gémir un peu trop fort, ou prendre une trop grande respiration, je sais pas trop ce qui s'est passé.

Il m'a crié du salon : « Aïcha, ça va ? »

J'ai répondu « oui, oui, bonne nuit » tout essoufflée et je me suis endormie, mes doigts encore dedans.

S'il s'est déjà passé quelque chose avec Baz ailleurs que dans mon imagination?

Tu me prends pour une folle, ou quoi?

Comme si j'avais tout imaginé!

Tu m'énerves, avec tes questions. Je te raconte des trucs super personnels et tu m'accuses de mentir, et tout.

En plus, on est ici depuis mille ans et tu me donnes même pas de jus, ni rien.

J'ai soif, j'ai soif, j'ai soif, j'ai soif, j'ai soif, j'ai soif, j'ai soif, j'ai soif, j'ai soif.

...

Merci. Il était temps, mais merci.

...

Pourquoi y a du jus d'orange avec pulpe, hein? Qui aime ça, la pulpe? Sérieux? C'est comme s'ils vendaient des patates pilées avec motons inclus, ou alors de la pâte à pancakes extra-grumeaux. Pâte à pancakes… C'est drôle à dire quand tu le dis vite. Essaie, voir.

...

T'es plate. On peut jamais rigoler, avec toi. T'as des amis, dans la vie ? T'as un chum ? Une blonde ? Tu peux me le dire, si t'aimes mieux les filles, ça me dérange pas, je vais pas le répéter. T'façon, je vois pas trop à qui je pourrais le répéter, c'est pas comme si on avait des amis en commun.

Fait que t'es lesbienne ou pas ? Allez ! Je te raconte plein de trucs super personnels depuis tantôt, tu peux bien me dire ça. Oui ou non ?

C'est pas grave, je m'en fous, tu fourres avec qui tu veux.

« Tu fourres avec qui tu veux ! »

Baz m'a dit ça, une fois. Ou « tu fais ce que tu veux », je sais plus bien. Mais en tout cas, ça voulait dire « tu fourres avec qui tu veux ». Parce qu'il était jaloux, je suis sûre.

Je te raconte.

J'avais déjà dormi une couple de fois chez lui... pis c'était cool et tout, mais ça avançait pas beaucoup, mon affaire.

...

Oui, oui, ma mère était au courant que je dormais chez lui. Enfin, elle était au courant que je dormais pas à la maison. Elle m'aurait jamais laissée y aller, cette rabat-joise. Rabat-joie. Whatever. Je lui avais dit que j'allais dormir chez Jo. Elle sait pas que c'est une pute, elle pense que c'est une fille de mon âge, normale. J'étais tannée qu'elle me dise que je devrais me faire des amis alors je lui ai dit que j'en avais, des amies, qu'elles s'appelaient Mélissa et Johannie, alors qu'elle ferme sa gueule. J'aurais voulu les ramener à souper à la maison un soir, juste pour voir sa face.

«Fais-toi belle, Mel», «Mets ton short avec le trou au cul, Jo», que j'aurais dit. Pis on aurait mangé des saucisses et elles auraient expliqué pendant tout le repas comment on fait des bonnes pipes et combien tu dois mettre de lubrifiant pour pas que ça fasse mal quand tu te fais prendre par derrière mais que ça reste quand même le fun.

Elles m'ont expliqué, une fois, au cas où. «L'éducation, ça commence jeune», qu'elle a dit, Mélissa. «C'est sûr qu'elle va le faire un jour ou l'autre, et elle a peu de chances de tomber sur un gars qui sait s'y prendre. Alors si tu veux pas qu'elle se ramasse avec le cul qui saigne, j'aime mieux lui expliquer.»

Ça me tentait pas de me ramasser avec le cul qui saigne, alors j'en ai pas perdu une miette. J'ai posé plein de questions même si ça me dégoûtait un peu, mais en réalité, j'avais envie de savoir c'était quoi l'effet, la première fois pour de vrai, par devant. Parce que je l'avais pas encore fait à l'époque, donc ça m'intriguait.

Mais bon, Mel et Jo, comme c'est pas des vraies filles, elles pouvaient pas vraiment me répondre. Elles donnent des conseils sur plein de trucs, «mais en ce qui concerne les histoires de vagin, t'es on your own, ma belle», qu'elles me disent.

J'aurais aimé ça que ma première fois, ce soit avec Baz. Ça aurait été romantique. C'est cool, des fois, les affaires romantiques. Mais bon, Centre-Sud, c'est pas Hollywood. Quand t'as de la musique qui se met à jouer au moment où y se passe un truc le fun, t'as plus de chances que ce soit le voisin tapette qui s'époumone sur une toune de Céline que Steven Tyler.

C'est le chanteur d'Aerosmith.

Ouin, je me disais aussi que t'allais faire cette face-là.

Tu sais, dans le film, là... Avec la fin du monde qui s'en vient parce qu'y a un genre de gros météorite qui menace la terre, tout ça, et ils envoient le chum de l'elfe du *Seigneur des anneaux*, pis son père qui joue aussi dans *L'Arme fatale*, ou je sais pas quoi.

Ah non, attends, c'est pas *L'Arme fatale*, je confonds. Whatever.

Pourquoi c'est jamais la fin du monde, dans Centre-Sud, hein? Me semble qu'on mériterait ça, une fin du monde. Enfin moi, je mériterais ça. Pas que je veux mourir, hein! Mais ça fait une bonne excuse pour fourrer.

J'y ai pensé plein de fois.

Genre à la télé, Mongrain annonce que... Je sais pas, moi... Y a un tsunami qui s'en vient, ou un supervolcan qui va entrer en éruption. Ça me fait capoter, moi, les supervolcans. Enfin bref. Il annonce ça, paf, tout le monde pleure et hurle et tout, et les gens courent dans la rue, et moi j'irais sonner chez Baz et on s'embrasserait, et on baiserait jusqu'à ce que la terre explose, et il ferait boire des petits animaux en biscuit dans la sueur de mon nombril, et on se dirait qu'on s'aime et tout.

Pis à un moment donné, on verrait le ciel s'assombrir et on n'entendrait plus rien que du sourd, comme quand tu te bouches les oreilles. Ça commencerait à shaker, et y aurait une grande, grande lumière, des étincelles, des flashs et tout. Je me blottirais dans ses bras, pis là, bang! on pourrait mourir.

Parce qu'on s'entend qu'on *mourirait*, hein. Dans Centre-Sud, quand c'est la fin du monde, tu meurs. Y a personne qui vient te sauver au dernier moment, le gouvernement, la police, ou je sais pas quoi. Voir que s'ils peuvent réchapper du monde de la catastrophe, ils vont choisir les tapettes, les putes, les drogués pis les BS!

Non, non, non. Si la fin du monde arrive, on sera les premiers à exploser, c'est sûr.

Je lui en ai parlé, une fois, à Baz. Je lui ai demandé s'il avait peur de la fin du monde, des fois.

Il a rigolé, pis il m'a dit que je réfléchissais trop. Il a arrêté de niaiser sur sa guitare, pis il m'a demandé si ça m'inquiétait pour vrai. J'ai haussé les épaules ; j'allais pas lui avouer que oui!

Il est venu me faire un câlin, pis il a essayé de me rassurer. Il aurait pas fait ça s'il avait vu le même reportage que moi sur les supervolcans. Il aurait dit : « Ouais, t'as raison, on peut mourir à n'importe quelle seconde à partir de maintenant. »

Étrangement, c'est ça qui m'aurait rassurée.

Je lui ai dit que si ça venait qu'à être la fin du monde, j'aimerais ça être comme ça, avec lui.

Tu sais ce qu'il a fait?

Il a ricané et tapoté sur ma tête, comme on fait à un chien. Genre tape-tape-tape, ricanage, pis il s'est poussé se rasseoir plus loin avec sa guit'.

Je te jure ça a failli être la fin du monde pour vrai. J'ai failli exploser et ça aurait pété tellement fort avec tout le mal que ça faisait en dedans que j'aurais emporté même pas juste Centre-Sud pis Hochelaga avec moi, mais tout Montréal. Jusque dans Outremont, ça aurait explosé.

Ils l'auraient pas vu venir !

Mongrain l'aurait pas callée, c'te shot-là !

Je voulais lui dire que c'était vraiment rien qu'un salaud, mais j'aurais pleuré, et je pleure pas, moi.

J'ai décrissé de chez lui sans rien dire, ou juste « je suis pas ton chien » ou un truc du genre, ouais, je pense que j'ai dit ça, et j'ai marché.

J'ai croisé Mel et Jo, je leur ai pas dit bonjour, parce que je pouvais pas dire autre chose que « estie de sale estie de sale estie de sale ». J'ai marché jusqu'à ce que ma langue me fasse mal.

Ça fait loin, j'ai dû prendre deux bus et un métro, pour rentrer.

Pourquoi des fois, tu donnes tout, tout, tout à quelqu'un, tellement tout qu'il te reste plus rien pour toi, même pas toi-même, et il en veut pas ? Il te crisse tout ça en pleine face, sans prendre la peine de t'expliquer, ou quoi. Juste en te tape-tape-tapant sur la tête avant de retourner gratter des tounes poches sur sa guitare de merde.

Pourquoi tu fais des pâtes au beurre à quelqu'un avec du jambon coupé super petit, tellement qu'il goûte le parmesan dedans, et tu lui dis que tu l'aimes, mais c'est même pas vrai ?

Pourquoi tu fais des câlins à quelqu'un, tu regardes des films avec elle, tu la rends heureuse comme jamais elle pourra être heureuse après, tu lui dis : « Bonne nuit, P'tit-cul », « Moi, je suis là, Aïcha »... Pis quand elle te dit qu'elle va mourir si tu t'en vas, tu t'en vas pareil ?

...

Je pleure pas.

...

J'ai envie de vomir.

C'est l'ostie de pulpe dans ton jus.

Je peux pas te raconter la première fois que j'ai fait l'amour, j'ai jamais fait l'amour.

Je te raconterais si je l'avais fait, mais c'est jamais arrivé.

Le frère du gars de mon école, ça compte pas, c'était pour faire chier Baz. Ça l'a fait chier, d'ailleurs, j'ai réussi mon coup. Tu sais, quand tu gagnes mais que ça goûte dans ta bouche comme si t'avais perdu?

C'est ce genre d'histoire-là.

C'était un après-midi, je sais plus trop quand, mais c'était l'été, ou tout proche. On était chez lui, on avait regardé un film, pis il se préparait pour aller à je sais pas quelle place où je pouvais pas venir, avec ses amis.

Il a levé les bras je sais pas pour faire quoi, et j'ai vu le bas de son ventre, sur le côté, juste là. J'ai trouvé ça tellement beau, ça m'a serré la gorge et le ventre.

Ça a vidé ma tête.

«T'es beau, j'ai dit.

— Merci, toi aussi t'es cute.

— On irait bien ensemble.

— Si t'étais plus vieille, ouais, peut-être...»

C'était pas mal de temps après le coup du tapotage de tête. Je m'attendais à ce genre de réponse. Il m'a pas prise par surprise comme la première fois.

«Si j'étais plus vieille, je serais moins belle, j'ai répondu.

— Aïcha...

— J'aurais des rides, j'aurais la peau toute molle et j'aurais le cul plat, les seins qui tombent. Là, ils tombent pas.»

C'est vrai qu'ils tombent pas. Mais tu sais, je te raconte cette histoire, mais j'ai oublié de te dire qu'à ce moment-là j'étais encore une petite fille. Je portais encore du linge mou, du genre que tu sais pas trop si c'est un pyjama, une vraie tenue ou des serviettes cousues ensemble. J'étais encore une chenille dans mon cocon, ou je sais pas quoi qu'elle dit, Mélissa. C'est une métaphore, hein.

Bref, cette fois-là, il s'est énervé. Mais pas méchamment, parce qu'il est jamais méchant, mais il m'a dit d'arrêter avec ça.

«Aïcha, arrête, avec ça. Je t'aime bien, on passe du temps ensemble, et je te trouve cute, pour une petite fille, mais il faut que tu te sortes de la tête qu'on pourrait être autre chose qu'amis... Merde, ça me donne des frissons rien que d'y penser. C'est mal, Aïcha. J'ai plus que deux fois ton âge! Ça me mettrait dans marde, ça te fuckerait la tête... pis ma tête avec. T'as déjà réfléchi à ça? Merde! Tu réfléchis à tellement d'affaires pas rapport, pense donc à ça deux minutes ! Trouve-toi des amis qui soient pas des putes ou des alcoolos, puis tombe en amour avec un gars de ton âge, fais des activités de ton âge... Et prends ton temps, merde. Aïcha... j'aimerais ça pouvoir réparer les affaires toutes croches qui se sont passées dans ta vie. Je veux pas en rajouter des nouvelles. Tu comprends ? »

Non.

J'ai mille ans, dans ma tête. Ça fait je sais pas combien de fois son âge à lui.

Je vois pas en quoi c'est important.

En tout cas. Ce soir-là, j'ai décidé d'avoir l'air de l'âge de ma tête. J'ai fourré.

C'est pas difficile de fourrer quand t'as besoin ou quand t'as le goût. Tu peux même avoir de l'argent pour.

J'ai emprunté le linge et le maquillage que ma mère mettait pour sortir, du temps qu'elle sortait et qu'elle « avait une vie ». C'est pas moi qui l'invente, hein, qu'elle a pas de vie. C'est elle qui le répète pour qu'on la plaigne : « J'ai pas de vie, c'est pas une vie. »

Je sais que je t'ai dit tantôt qu'elle ramenait tout le temps des gars à la maison, mais c'est pas tout à fait vrai. Elle aimerait ça, je suis sûre, mais elle le fait pas. Des fois, elle me regarde, et je sais ce qu'elle se dit, dans sa tête. À cause de moi, elle est pas infirmière ; à cause de moi, elle a pas de chum ; à cause de moi, elle a pas une grande famille heureuse...

Connasse.

...

Son linge me faisait bien, ça m'a étonnée. Passé le malaise de « je suis la copie conforme de ma mère », je me suis trouvée pas mal hot.

Anyway.

J'avais prévu d'aller dans un bar ou je sais pas quoi. Il paraît que c'est là que le monde va pour « rencontrer ». Y avait des flos qui gueulaient dans le parc en bas de chez moi. Je les ai regardés un peu. Ils étaient nu-pieds dans le carré de sable. Les cons.

Ma mère, quand j'étais petite, elle me laissait jamais être nu-pieds dans le carré de sable. À cause des seringues. Mais bon, on en a déjà parlé, je vais pas revenir là-dessus. « Z'avez pas de parents ? Dégagez du carré de sable ! », j'ai eu envie de crier par la fenêtre.

La magie opérait : avec le maquillage et le linge de madame, j'étais déjà rendue une vieille conne.

Le seul problème, c'était les chaussures. J'ai de tout petits pieds, et ma mère, des pieds normaux. Je pouvais donc pas mettre les siennes. Et on s'entend que la robe moulante, ça fait pas full cool avec des Adidas pis des bas. Alors tu sais ce que j'ai fait ?

J'ai pogné les talons hauts les plus sexy que j'ai trouvés dans son placard, et je suis parti avec, pieds nus, en les tenant par la bride, pour faire genre j'avais tellement mal aux pieds que j'avais dû enlever mes souliers. J'ai eu l'idée à cause des flos de tantôt, justement. Tu vois, comme quoi des fois tu penses que je raconte des détails pas rapport, et en fait, plus tard, tu te rends compte que oui, ça avait rapport.

Bref.

C'était une idée de merde.

Plus je marchais, et plus la nuit tombait, plus je me disais que j'allais piler sur une seringue. Je sais, ça m'obsède un peu, j'avoue. C'est à cause de ma mère, cette folle, qui m'a refilé sa névrose. Chaque fois que je mettais le talon sur une petite roche piquante, je me disais : « Ça y est, je vais crever ! »

Pis c'est pas une mort le fun, le sida, hein. Ma mère m'a raconté pour me faire peur quand j'étais petite.

Donc, je capotais. Je me suis assise sur un muret, et je te jure qu'à ce moment-là, si j'avais été le genre de fille à pleurer, j'aurais pleuré. Être adulte, OK, mais à condition d'avoir des chaussures appropriées, tsé.

Y a une voiture qui s'est arrêtée. Et dans Centre-Sud, quand une voiture s'arrête la nuit, tu vas pas voir ce qu'elle te veut, parce que c'est peu probable que ce soit une bonne sœur qui te demande la route pour Saint-Jacques-de-Compostelle. C'est Jo ou Mel, une des deux, qui dit ça. Je sais plus laquelle. Non, non, c'est pas ma mère. Ma mère, elle dit : « Aïcha, je suis sérieuse, je ne veux pas te savoir dehors dans la rue quand il fait nuit. »

J'obéis. Elle le sait jamais.

Donc, là, je suis sur mon muret, et la voiture s'arrête juste en avant de moi. « Qu'est-ce qui pourrait m'arriver de pire que la possibilité de marcher sur une seringue ? » je me suis dit. Je me suis approchée de la portière et j'ai vu que c'était le frère d'un gars de mon école, je me souviens plus de son nom. Ni du sien, ni de celui de son frère, d'ailleurs.

Il m'a dit : « Tu me reconnais ? Je suis Machin, le frère de Truc. Tu vas où ? Tu veux un lift ? »

Je suis montée. Il m'a redemandé où j'allais.

Pour vrai, je savais pas vraiment, alors j'ai demandé s'il était pas trop jeune pour conduire. Il a dit : « Ouais, pis toi t'es trop jeune pour être habillée de même. » Il s'est penché sur moi pour me frencher. Je l'ai laissé faire.

J'avais jamais vraiment frenché non plus. À part ma main supposée jouer le rôle de la bouche de Baz, quand je m'endors le soir. Je sais pas s'il frenchait juste mal ou si c'est moi qui étais poche, mais j'ai failli m'étouffer avec sa langue. J'avais de la bave partout, pis ses trois poils de barbe me piquaient.

« OK, ça s'enligne pour être vraiment poche, comme première fois », je me suis dit. Il a mis ses mains sous ma robe, même pas doucement. Ça m'a fait mal quand il m'a mis deux doigts direct. Rien à voir avec quand c'est moi qui me le fais. J'ai essayé d'imaginer que c'était Baz, mais ça se pouvait pas. Il ferait jamais ça de même, lui.

Lui, quand il me touche, c'est doux, ça glisse. C'est bon comme un milk-shake aux fraises.

Mon esprit vagabondait un peu, pendant que Machin me taponnait. J'ai évidemment pensé à Jo et Mel et à leurs trucs infaillibles pour pas saigner et que ce soit le fun quand tu te fais jouer dans le derrière. Ça doit être les mêmes trucs pour devant, je peux pas croire, je me disais.

« Crache sur tes doigts », je lui ai demandé. Il a répondu : « Suce-moi, plutôt », et il a sorti sa queue de son pantalon.

C'est laid, hein?

J'en avais déjà vu, mais quand tu t'apprêtes à en mettre une dans ta bouche, me semble que tu prêtes plus attention que quand tu croises un coké qui pisse dans une ruelle et qui a oublié de la ranger avant de repartir.

Comme j'avais l'air d'hésiter, il a serré mes cheveux dans ses mains, pis il a tiré ma tête vers... là.

Je voulais lui dire: «Heille, toi ça fait seize ans que tu la regardes, pis tu te la mets même pas dans la bouche! Laisse-moi le temps de m'y faire deux minutes, Chose!» Mais je me suis plutôt dit: «Ah, pis d'la marde. Ça va pas soudainement devenir un cornet Häagen-Dazs.»

Donc, je l'ai sucé.

...

Tu t'es déjà retrouvée à deux rues de chez toi et trois de celle de ton amoureux, à faire une pipe à un gars que tu connais pas vraiment dans un char volé, parce qu'il était volé, le char?

Ouais. Je me disais aussi que non.

Ben quand tu te retrouves à deux rues de chez toi et trois de celle de ton amoureux, à faire une pipe à un gars que tu connais pas vraiment dans un char volé, y a plein d'affaires qui te passent par la tête.

«Est-ce que ma mâchoire peut finir par se décrocher?» ou «On est parkés dans une zone où ça prend une vignette, me semble...» ou «Tiens, son portefeuille traîne dans le trou à gobelet.»

Tout ça, mais pas uniquement.

Tu te demandes si tu fais ça comme il faut, aussi. Parce que t'as beau t'en foutre, du gars en question, t'as pas envie de passer pour une dinde à l'école pis dans tout le quartier, tsé. Tu veux pas être « la fille qui sait même pas dans quel sens ça se prend ». Tu veux faire genre tu connais ça. Mais sans avoir l'air de connaître *trop* ça. Sinon tu te fais une réputation de salope de service, et la première chose que tu sais, y a un réalisateur de films pornos qui t'appelle parce qu'il a entendu parler de toi et qu'il veut que tu sois « son étoile montante ». C'est arrivé à une fille que je connais.

Enfin, pas une fille que je connais « connais », mais une fille que quelqu'un que je connais connaît.

Ensuite, je me suis demandé si je risquais pas d'être surprise par ma mère ou, pire, par Baz !

Ma mère, à la limite, ça l'aurait tellement fait chier que j'aurais aimé ça, presque. Sauf qu'elle m'aurait plus jamais laissée sortir et qu'elle aurait mis sa menace à exécution de moins travailler pour s'occuper de moi. Ce qui aurait pu être considéré comme une catastrophe.

Mais imagine, Baz serait passé par là.

OK, je faisais ça à cause de lui, pour le faire chier et aussi pour lui montrer que j'étais une adulte. Mais j'aurais pas aimé ça, le rencontrer avec un autre pénis que le sien dans la bouche. J'aurais pleuré pour vrai, je pense.

J'avais envie de vomir. Et ça avait rien à voir avec la pipe, parce que sa queue était quand même pas assez longue pour se rendre jusqu'où ça donne des haut-le-cœur. Mais plus je pensais que j'avais envie de vomir, plus j'avais envie de vomir. En plus, ça goûte le crisse, le jus qui sort de là, alors imagine.

Il m'a tiré les cheveux pour que j'arrête. J'ai eu envie de lui demander si c'était parce que je m'y prenais mal, comme dans l'autobus quand la personne assise à côté change de place et que tu te sens partout pour voir si c'est toi qui pues ou quoi. Mais avant que j'aie pu dire quoi que ce soit, il m'a demandé de remettre mes chaussures.

« Ça y est, je suis tellement nulle qu'il veut me virer de son auto », je me suis dit. Méchant affront, quand même ! J'ai mis les chaussures en lui faisant remarquer qu'elles étaient pas mal grandes. Il a eu l'air de s'en foutre.

Johannie m'avait dit que certains gars ont des fétiches bizarres. Un fétiche, si tu sais pas, c'est un truc qui te fait bander. Lui, ça devait être les souliers.

Il avait toujours sa queue qui sortait de son pantalon, c'était pas mal ridicule. Un peu comme le clochard qui se balade dans la rue en se crossant et en ricanant. Il est tellement sale que je me demande comment ça se fait que ça ne disperse pas de la poudre partout quand il se la frotte.

J'avais plus trop le goût, rendue là, je t'avoue.

Je fixais son truc qui sortait et je me disais que c'était comme sauter dans une piscine froide. Le pire, c'est l'appréhension. Une fois que t'es dedans, ça va.

C'est dégueulasse, il y a trop de monde, à chaque mouvement t'as une perruque de cheveux qui s'accroche entre tes doigts, mais c'est quand même pas si pire.

Alors j'ai embarqué sur lui, j'ai tassé ma culotte d'un bord, et hop.

Ça a pas trop fait mal. Il avait ses mains sous ma jupe sur mes fesses et il me faisait aller et venir sur lui. Une chance que je suis tombée sur un gars qui savait plus ou moins comment faire, parce que je serais restée de même sans bouger en attendant je sais pas quoi. Ça aurait pu être long.

Il a fait quatorze allers-retours. Au bout du troisième, je commençais à trouver ça plate. Au septième, ça a commencé à chauffer un peu. Au neuvième, ça faisait vraiment mal. Au douzième, j'ai juré que je ne ferais plus jamais ça de ma vie.

Au treizième, j'ai mis ma tête dans le creux de son épaule. Je répétais « Baz, Baz, Baz, Baz... » dans ma tête.

Il est venu en dedans, ça coulait partout le long de mes cuisses, c'était chaud pis dégueulasse. « OK, ben merci, c'était le fun », qu'il a dit, avant d'ajouter : « À la prochaine ! » et de plus ou moins s'endormir la tête contre sa vitre.

J'ai piqué le portefeuille qui traînait dans le porte-gobelet et je suis sortie en oubliant les chaussures de ma mère dans l'auto.

Je suis retournée chez moi en courant pieds nus. J'en avais plus rien à foutre de piler sur une seringue.

Évidemment, quand je suis rentrée, ma mère était à la maison.

Elle est jamais là sauf quand il faut pas. On dirait que c'est elle qui a inventé la loi de Murphy.

Elle s'est mise à capoter parce que je lui avais volé son linge. « Gnagnagna, t'étais où, blablablabla, comment t'es habillée… » Je la hais, je la hais, je la hais !

Voir si j'avais besoin de ça à ce moment-là, tsé.

Le noir de mes yeux avait coulé un peu. Pas que j'avais pleuré, mais il avait coulé. J'avais les yeux trop humides ou je sais pas quoi. Ma mère s'est mise à me harceler pour savoir ce que j'avais et tout. Elle m'a suivie jusqu'à ma chambre, j'ai barré la porte, et elle est restée en arrière à me parler comme si j'étais un petit animal fragile, ou quoi.

Je déteste quand on me parle comme si j'étais un petit animal fragile. Je suis *pas* un petit animal fragile.

Anyway.

Je me suis couchée, et j'aurais voulu brailler. Pour laver mon dedans et que toute la marde parte avec les larmes. J'aurais surtout voulu aller prendre une douche pour que le sperme de Machin arrête de me couler entre les jambes, mais l'autre folle bloquait la porte. Ostie de malade mentale, je te jure. Parfois, elle fait ça. Elle gueule, et après elle vient se coller assise à ma porte et elle pense que je l'écoute radoter qu'elle aimerait tellement que je l'aime et qu'elle sait pas ce qu'elle m'a fait et qu'elle voudrait que je lui explique et blablabla.

Là, comme je te disais tantôt, elle voulait savoir ce qui s'était passé avec moi, où j'étais et tout. Pas pour m'engueuler, juste pour savoir. « C'est pour ton bien, je veux juste te protéger, Aïcha. »

Ben oui, tsé.

Salope.

La dernière fois qu'elle a «juste voulu me protéger», Hakim s'est poussé sans moi pis il est jamais revenu.

Normalement, je réponds rien quand elle part dans un de ses monologues de victime à la con. Je fais juste chanter dans ma tête, ou je compte les angles de quatre-vingt-dix degrés qu'il y a dans ma chambre. Là, j'avais trop de choses qui voulaient sortir, je pouvais pas tout retenir.

Tsé, comme quand un bateau coule, des fois, tu vois ça dans les films, le capitaine essaie de boucher les trous avec tout ce qui lui tombe sous la main, mais l'eau entre pareil.

Ben là, c'était la même chose, sauf que ça voulait sortir, pas entrer.

Enfin, je me comprends.

Je lui ai crié ce que je t'ai dit tantôt: «La dernière fois que t'as voulu me protéger, Hakim s'est poussé, pis il est jamais revenu!»

Y a eu comme un silence. Comme s'il avait fallu qu'elle accuse le coup, tsé. J'ai ressenti l'onde de choc au travers de la porte. C'est devenu sourd tout autour. Lourd.

Si j'avais pas filé aussi mal après avoir dit ça, j'aurais été pas mal fière d'avoir atteint mon but. Je l'avais tellement mise K.-O.! Elle s'attendait tellement pas à ça!

Moi... c'était comme si on m'avait retiré toute la peau pis qu'on m'avait trempée dans le sel. J'étais juste capable de penser qu'il fallait que je me douche pour enlever tout ce sel. Alors que c'était même pas du vrai, c'était du sel fictif. Enfin, tu vois ce que je veux dire.

J'envisageais de me laver comme un chat, tsé. De me lécher pis de frotter après. Mais je trouvais ça trop dégueulasse.

Elle a dit tout doucement : « Mais Aïcha... il abusait de toi, c'était un sale type. »

Je voulais la tuer.

Tu sais, quand t'as l'impression que tu sors de ton corps, tellement t'as de la rage en dedans et qu'il n'y a plus de place pour toi-même ? Ben, c'est comme ça que je me suis sentie. J'ai crié fort et longtemps.

« Si ça avait été mon vrai père, il l'aurait pas fait. Mais comme t'es rien qu'une salope, tu l'as trompé, t'es tombée enceinte de moi, et voilà. C'est ta faute. Tout ça, c'est ta faute. C'est toi qui aurais dû partir, on n'avait pas besoin de toi. » J'ai cassé deux, trois trucs.

Je l'entendais frapper à ma porte comme une déchaînée. « Si j'ouvre la porte, je te tue ! » que je lui ai dit quand elle m'a demandé.

Pour vrai, je te jure, je l'aurais tuée.

Elle a fini par se calmer et par abandonner l'idée d'entrer dans ma chambre.

Elle pleurait encore de l'autre bord de la porte. « À qui tu crois faire pitié ? » je me suis dit dans ma tête.

Après, elle a chialé qu'elle voulait m'expliquer, blablabla... Mais je sais déjà tout ce qu'elle voulait me dire. Je la connais, sa bullshit.

Elle s'est mise à me raconter ses conneries, alors j'ai mis de la musique pour pas l'entendre.

Je te raconterai pas sa version des faits à elle.

T'as juste à lui demander.

Pis tu sais qu'est-ce qui va se passer, de toute façon? C'est elle que tu vas croire. Parce qu'elle fait super bien la victime.

Elle va te dire que Hakim c'était rien qu'un loser qui crissait rien de sa vie et qui la trompait et qui vivait sur son dos, et qu'elle travaillait comme quatre, pauvre elle, pour qu'on vive. Elle va te dire qu'elle l'a pas trompé, qu'elle l'avait quitté parce que ça ne pouvait plus durer, pis que là, elle a fourré avec un autre, sauf qu'elle va pas dire «fourrer». Mais elle habitait encore avec Hakim parce qu'elle pouvait pas le mettre à la porte de chez elle parce que, tsé, ma mère, c'est une fucking *sainte*, et soi-disant qu'elle l'aimait encore et qu'elle pensait qu'il allait changer blablablabla.

Fait que là, elle est tombée enceinte, pis c'est ça. Elle pensait que c'était de Hakim alors que c'était de l'autre gars qui venait de je sais pas où pis je veux pas le savoir.

Je m'en fous pas mal, de mon vrai père.

OK, c'est vrai que je m'en fous, mais chaque fois que je vois un gars blond comme moi dans la rue qui a l'âge de ma mère, je me dis que c'est p'tête lui.

Je sais pas ce que ça me fait. Ça me fait rien. C'est juste une réflexion qui passe de même.

Anyway.

Tu vois comme elle est folle et qu'elle tourne tout à son avantage ?

De toute façon, tu vas lui poser tes questions, là, pis tu vas voir que c'est ça qu'elle va te répondre. Tout ce que je t'ai dit, là.

Pis elle va aussi t'expliquer comment et pourquoi elle l'a crissé à la porte de la maison. Elle m'avait enfermée dans ma chambre, cette connasse, parce qu'elle savait que j'allais partir avec lui si elle me laissait sortir.

Elle lui a dit que s'il s'approchait encore de moi, elle allait appeler la police.

Tu te rends compte à quel point elle est malade ?

Ça me fait toujours mal là, quand j'y pense.

Des fois, j'espère encore qu'il va revenir me chercher et qu'on va partir loin. Loin d'elle, loin des seringues par terre, loin des flics, loin de toute cette marde... Mais je te l'ai p'tête déjà dit. Avant, j'y pensais tous les soirs avant de m'endormir, mais ça arrive moins souvent depuis que je connais Baz.

J'ai pas envie de parler de ça. Si Hakim abusait de moi pour vrai, et tout.

Je veux pas.

Pourquoi tu veux prendre une pause? Je m'en fous qu'il soit presque midi. J'ai pas faim.

Je t'ai dit, au début, que j'allais te dire tout ce que tu veux parce que je sais que c'est ça que ça prend pour qu'on me foute la paix après avec tout ça.

Je veux avoir la paix.

...

Tu veux savoir si Hakim abusait de moi? Je vais te le dire, je m'en fous, dans le fond.

Parce que non.

J'ai eu l'occasion d'y réfléchir, depuis le temps, tsé. J'ai même cherché le mot «abuser» plein de fois dans le dictionnaire. Dans tous les dictionnaires qui existent, je pense.

Je sais ce que ça veut dire, abuser, ça veut dire violer. Je sais ce que c'est, un viol. Même que j'ai failli me faire violer, une fois, presque. C'est comme ça que j'ai rencontré Baz.

Mais je t'ai déjà raconté l'histoire.

Ça avait rien à voir avec ça, Hakim et moi. C'était pas un vieux soûlon dans le fin fond d'un parc. Il était beau pis je l'aimais.

C'est pour ça que ma mère l'a crissé dehors. Parce qu'elle était jalouse. C'est ça, la vraie raison. La triste vérité.

Tu verras jamais ça dans le *Journal de Montréal*, par contre. Non, non, non. Si un jour mon histoire passe dans le journal, ce sera pas titré «Une marâtre jalouse accuse son conjoint injustement et brise la vie de son enfant». Ce sera marqué: «Une mère exemplaire sauve sa fille adorée des griffes d'un PÉDOPHILE (en majuscules). Il court toujours. Cachez vos enfants. Avez-vous peur?»

Anyway.

Tu sais c'est quoi, le pire?

C'est que je l'ai entendue parler au téléphone avec une amie, une fois, ma mère, et elle lui disait: «Il m'a brisé ma fille, je te jure, Anouk (elle s'appelle Anouk, sa copine, mais moi je l'appelle Agakuk pour la faire chier), si je le croise un jour, je le tue de mes mains. Pourtant, tu sais que je ne suis pas violente pour un sou.»

Évidemment, qu'elle parle de lui. Tu sais comment les gens, des fois, ils accusent les autres pour camoufler les fautes qu'ils ont commises eux-mêmes? J'ai lu ça dans *Elle Québec*, une fois. Mais toi, t'es genre psy, tu dois avoir appris ce genre de trucs à l'école des psys, non?

Un transfert, ou je sais pas quoi, ça s'appelle. Tu brises un truc, pis après tu dis «non, c'est lui qui l'a brisé».

Donc, non, Hakim n'abusait pas de moi. On se faisait des câlins, des bisous et tout, pis c'était le fun.

Je m'en fous si tu trouves ça dégueulasse.

...

On regardait plein de films quand j'allais pas à l'école. Il me disait: «Tu vas me chercher une bière, P'tit-cul?» J'y allais, et j'en sortais une autre du frigo en même temps parce qu'il préférait la bière pas trop froide, mais pas chaude non plus. Un peu plus froide que tiède. C'était comme une science, avoir la bonne température de bière pour Hakim, pis j'étais crissement bonne là-dedans. Ma mère non. Elle s'en foutait, elle lui disait qu'il avait juste à aller se la chercher lui-même. Moi, c'était comme ma vocation. J'aurais pu passer ma vie à faire ça. « Heureusement que t'es là », qu'il me disait, et il me faisait un bisou. « T'es la femme parfaite ! »

Tu sais ce que c'est, d'être la femme parfaite ?

Quelqu'un t'a déjà dit que t'étais la femme parfaite ?

Ça m'étonnerait, parce que t'es pas belle, belle... Donc tu peux pas savoir le feeling que ça fait. C'est comme une super caresse vraiment le fun, partout sur ton corps et en dedans en même temps. Imagine qu'avec tous les pores de ta peau, tu manges un truc vraiment bon...

Bon, ça se peut pas, mais mettons.

...

Ou comme quand tu fais un câlin sur le divan avec ton amoureux, devant un des meilleurs films du monde, même si tu comprends pas vraiment ce qu'ils disent dedans à part « *You're the disease, and I'm the cure* »...

C'est pas dans *Scarface*, ça, c'est dans *Cobra*.

Ouin, je me disais aussi que tu saurais pas.

Anyway. Tu regardes ça, et tu te fais caresser par un pouce que t'aimes.

Au début, juste un pouce. Sur la hanche. Tu te colles plus, et ça se transforme en le bout de tous les doigts.

Tu regardes plus le film du tout, mais c'est pas grave parce que tu l'as vu des dizaines et des dizaines de fois.

Tu penses juste que plus tu te tournes, plus c'est le fun. Plus ses doigts s'approchent de ton... truc, plus t'as plein de plaisir et d'électricité en dedans. Et ça va tout doucement.

Tu sais pas si c'est correct de te tourner trop vite. C'est un peu interdit, mais tu sais pas vraiment pourquoi. P'tête parce que le monde interdisent toujours les affaires trop le fun.

Tu te colles encore plus sur lui parce que tu voudrais rentrer en dedans de son corps.

Parfois, tu fais un mouvement de trop, et il bouge sa main ailleurs. C'est comme un retour brutal à la réalité. T'as envie de crier, t'as envie de prendre sa main et de la remettre où elle était.

Mais t'oses pas.

T'oses jamais.

Au bout d'un moment, il finit par la remettre, sa main. T'as ta tête sur sa poitrine, t'entends même plus la télé, t'en as plus rien à foutre du film. T'entends son cœur battre de plus en plus vite, et fort. Parfois, c'est à ce moment-là qu'il devient dur. Parfois, c'est plus tard, quand tu te retournes sur le dos, en faisant comme si c'était pas exprès, et que sa main glisse de ta hanche à ton ventre. Plus bas, même.

Sur ta culotte, entre tes jambes. Tout doucement. Comme s'il caressait un bébé oiseau.

Il te demande si ça te fait du bien, mais t'oses pas vraiment répondre, parce que tu peux pas vraiment avouer aimer un truc interdit. Tu dis juste « hm-hm ». Il te dit qu'il aime ça aussi. Il te demande de regarder l'effet que ça lui fait. Tu peux toucher, si tu veux.

Mais t'oses pas.

Parce que, comme je te disais tantôt, t'oses jamais.

Quand t'aimes le gars, ça te coupe les jambes. Tu peux faire une pipe au frère d'un gars de ton école, embarquer dessus pis le baiser, faire ta salope autant que tu veux, mais quand tu l'aimes, tu peux rien faire, t'es paralysée. Encore plus à neuf ans qu'à treize.

C'est de même. C'est con, mais c'est de même.

Pis quand il se pousse parce que ta mère, cette folle, le chasse de la maison à cause qu'elle est jalouse de toi, tu te dis que p'tête si t'avais osé, il serait resté.

Ou qu'il serait revenu te chercher.

Anyway.

T'écoutes des fois, ce que je raconte, ou tu fais juste écarquiller les yeux pis me donner du jus avec de la crisse de pulpe?

Si je savais où est Hakim, penses-tu vraiment que je serais là?

Ben... ouin... p'tête que je serais là, mais en tout cas. Tu comprends ce que je veux dire. Ou pas. Des fois, j'ai l'impression que je te parle dans une autre langue. Mais c'est pas juste toi, hein. C'est tout le monde. C'est aussi pour ça que j'ai pas d'amis. Parfois, c'est même pas juste une question de langue, c'est une question d'espèce. Tsé, quand tu parles à un chien, y te comprend pas... OK, non, pas un chien, parce que les chiens, c'est super bon en français, mais mettons un chat.

J'haïs ça, les chats.

Les chiens, ils comprennent ce que tu leur dis, pis ils sont toujours willing pour faire ce que tu veux, n'importe quoi. Tu leur dis «tu viens on va se promener?», ils sont aussi contents que quand tu leur dis «tu viens on va se faire chier à la messe?» C'est un exemple, hein.

J'ai jamais dit ça à un chien. C'est pour te montrer à quel point c'est participatif, comme animal, par rapport à un chat. Même par rapport à n'importe qui, en fait.

J'aimerais ça, avoir un chien. N'importe quel chien, je m'en fous. Mais un beau. Un gros.

Je voudrais pas de chat, par contre. C'est con, un chat. C'est comme le reste du monde. Ça comprend ce que tu dis, mais ça s'en fout. Ça veut jamais venir avec toi faire des trucs à part quand ça te tente pas qu'ils viennent. Genre quand tu vas aux toilettes ou quoi. T'as pas envie de te faire regarder par une paire d'yeux pis de te faire juger sur combien ça pue et combien ça te prend de temps pour finir. Ça fait ça, un chat. C'est toujours là dans tes jambes quand t'as pas besoin, pour t'embarrasser. Pis ça te juge. Ça se prend pour un autre, même quand ça se lèche le cul.

Enfin, ça, je peux pas les blâmer, parce que j'en connais plein des humains aussi qui se prendraient pour d'autres s'ils pouvaient se lécher le cul.

Je sais plus pourquoi je te disais ça.

Ce que je voudrais le plus, comme chien, c'est un croisé rottweiler, berger allemand. Le squeegee coin Ontario et Iberville, celui avec la face tatouée qui sort avec la fille qui a des trous dans ses collants pis un pitbull, il en a un.

Je l'ai caressé, une fois. Le chien, pas le squeegee.

...

On sait jamais, avec toi, d'un coup que tu penses que je me promène dans la rue en caressant des vieux punks.

Il est cool, cela dit.

Pas de là à le caresser, mais quand même. Son chien, il s'appelle Sid.

Comme Sid Vicious. Tu sais qui c'est ?

Ah ouais ?

Ça m'étonne.

J'ai faim, finalement.

Non, je veux rien.

J'ai faim, mais j'ai pas envie de manger.

J'ai un nœud, là.

En plus, si tu m'apportais mettons un sandwich au jambon, tu le prendrais extra-couenne, ce serait gerbant, pis j'ai déjà envie de vomir.

Ça m'énerve les gens qui disent : « T'as mal au cœur parce que t'as faim. » C'est ton genre, non ? C'est le genre à ma mère. *De* ma mère. Whatever.

J'aimerais ça, voir Baz. On peut aller le voir ? Pas longtemps, juste cinq minutes. Je lui parlerai pas, je voudrais juste le voir.

...

S'il te plaît ?

Il est où ? Hein ? Juste cinq minutes, je veux juste le voir, je vais pas le toucher, je vais pas lui parler, je te jure !

S'il te plaît...

...

Je pleure pas, j'en veux pas de ton mouchoir. Je veux voir Baz. Et après, je te dirai tout ce que tu veux.

Dis-moi quand je pourrai, au moins.

S'il te plaît !

...

Pourquoi t'es méchante ? Pourquoi tu m'emmènes pas le voir ? Je te dis plus rien tant que je l'ai pas vu.

...

On pourrait pas aller là où il est, et tu le mets dans une salle, tu sais, avec un miroir qu'on voit à travers, et moi, je suis de l'autre bord, comme ça t'es sûre que je lui parle pas ?

Je ferais juste mettre ma main sur la vitre et je le regarderais. S'il te plaît, juste cinq minutes. Deux minutes !

Emmène-moi le voir. Tu pourras rester dans la pièce, je m'en fous. J'ai le droit ! Je le sais que j'ai le droit.

Lui aussi il a le droit, il peut le demander. Je suis sûre qu'il l'a demandé.

Dis-lui que je veux le voir. Téléphone là où il est, pis dis-lui.

Je t'en supplie, si tu veux que je te supplie.

Juste un peu...

...

T'es rien qu'une salope.

Je te raconte ma vie depuis tantôt, et je te demande juste un truc et tu veux pas. Je m'en fous, je te dis plus rien, jamais, c'est fini. Et je retire tout ce que j'ai dit. De toute façon, j'ai menti tout le long, c'est pas vrai tout ça, tout ce que je t'ai raconté. Tu peux tout effacer.

À partir de maintenant, je me souviens de rien et je vais fermer ma gueule jusqu'à temps que t'aies dit à Baz que je vais bien, pis après que tu m'emmènes le voir.

...

Je veux même pas le toucher, je veux même pas lui parler...

S'il te plaît.

...

S'il te plaît.

Les accusations?

Mais oui, mais non!

C'est ce que je suis en train de t'expliquer depuis tantôt, il a rien fait! Je le sais! Je te jure qu'il a rien fait...

Je vais continuer de te raconter ce qui s'est passé, genre la vraie, vraie histoire, je vais aller le retrouver et t'entendras plus jamais parler de nous, OK?

Je peux le voir pour lui dire? Juste pour le rassurer, qu'il sache que tout va s'arranger?

Tu peux lui dire où je suis et que tout va s'arranger?

...

Je me sens pas bien, ça tourne. Je vais me rasseoir, je pense. D'accord?

D'accord.

...

Tu pourrais ouvrir la fenêtre? Ouvre la fenêtre. J'étouffe. Faut que je sorte. Je pourrais mourir, tsé. Je vais manquer d'air jusqu'à ce que j'en meure. Ouvre la fenêtre. J'ai chaud.

Approche-toi pas de moi, fais juste... Ouvre la fenêtre.

Si t'ouvres pas la fenêtre, je vais mourir, c'est ça qui va arriver.

...

Faut que j'aille m'asseoir dans le coin, là-bas. Ce sera pas long, je vais juste... là-bas.

...

Non, je peux pas. Je veux pas. Dehors, y a des gens, c'est trop grand, ça tourne. Fais juste... J'étouffe, je te jure, je vais mourir, ça me pique pis j'ai chaud.

...

Laisse-moi.

J'ai mal, laisse-moi. Laisse-moi.

Je vais vomir.

...

Non, reste ici. J'ai besoin que tu restes ici sinon personne saura si j'étouffe. Et je vais étouffer ce sera pas long, je le sens.

Va-t'en, non, approche-toi pas de moi. Si tu t'approches, je vais devenir folle, je te jure. C'est ça qui va arriver.

...

Touche-moi pas.

...

J'ai chaud, j'ai mal, j'étouffe. Laisse-moi.

Je vais mourir.

...

Encore ta main sur ma tête. Bouge pas.

...

Oui.

...

OK.

...

Je vais vomir. Pour vrai.

...

J'arrive plus à respirer, pour vrai, je te jure.

...

Ça fait mal.

...

Ça fait mal.

Je m'excuse, j'ai pas fait exprès de te vomir dessus, tantôt.

T'es fâchée ?

Moi, je serais en crisse.

Mais bon, t'avais de quoi te changer, alors c'est pas si pire.

Vous avez genre des douches à vous, ou c'est les mêmes que nous autres, où t'as à peine mis les pieds dedans qu'ils sont déjà pleins de vieux cheveux, de savon sec, de champignons pis de verrues ?

...

Moi, ça me pique depuis que je me suis lavée. Je suis sûre que j'ai pogné la bactérie mangeuse de chair en pilant sur un crachat. Ça se peut-tu ?

Personne me prend jamais au sérieux, anyway. C'est rendu une joke chaque fois que je dis que je vais mourir. Pas forcément mourir « mourir », tsé. Juste...

Y a des trucs dégueulasses, comme maladies, t'as pas idée. Ta mère, elle travaille dans un hôpital ? Alors tu peux pas savoir, tout ce que tu peux attraper. Pis, crois-moi, tu veux pas savoir. Moi, je sais, pis ça me fait freaker.

Mais juste quand j'y pense.

«T'as juste à pas y penser, quand tu y penses», qu'il me dit, Baz. C'est le numéro 24 sur ma liste des raisons pourquoi je l'aime. Il dit des affaires dans ce style-là. C'est hot, hein? Lui, il est capable de faire comme si de rien n'était et de continuer à vivre normalement. Les super-volcans, la bactérie mangeuse de chair, l'accélérateur de particules ou ce genre de conneries-là, il s'en fout.

Tsé quand quelque chose te fait capoter, mais vraiment capoter, que t'étouffes pis que tu finis par vraiment en être malade... comme tantôt un peu... et que quelqu'un à côté essaie de te convaincre que c'est pas grave... Mais pas genre «voyons, pauvre tarte, tu capotes donc ben sur des niaiseries», mais juste par son énergie qui transpire et qui te fait *savoir* que tout va bien aller. Même si ça chie tout autour, même si tu te fais attaquer de partout, que le monde menace de finir là, là, ou que ton intolérance au lactose pourrait te tuer.

C'est le genre de gars qu'il est. Comme une île déserte où tu t'échoues après une crisse de grosse tempête. Mais avec de la bouffe et de l'eau et tout dessus. Et une maison chauffée. Et Internet.

OK, c'est p'tête pas un bon exemple.

Mettons, comme hier... S'il avait pas été là, je pense que j'aurais perdu la carte.

...

Mais j'ai pas envie de te raconter ça tout de suite, OK?

Je vais tout de dire, promis. Mais pas tout de suite. Faut que tu comprennes bien, avant. Ce qu'on a, lui et moi. J'ai envie que tu saches tout, que tu sois dans ma tête, presque.

Faut vraiment que tu comprennes que c'est pas de sa faute à lui, ce qui est arrivé. Il a rien fait. Après, tu vas tout expliquer aux flics, et ils vont le laisser partir.

Et moi...

Je vais aller en prison?

Qu'est-ce qui va se passer avec moi?

...

Est-ce que je peux téléphoner à ma mère?

J'aimerais ça, la voir.

...

Quand je te parle de Baz qui est comme ma maison, ou un truc cool du genre, ben elle, c'est l'inverse. Tu l'as pas vue, hier, quand ils l'ont appelée. Elle comprenait rien à ce qui se passait, elle faisait juste pleurer.

Elle sert à rien, en cas de crise. Elle est rien que capable de brailler pis de brailler, pis quand tu penses qu'elle a fini, elle rebraille.

Mais là, quand même... si elle était là... tsé... ce serait cool.

...

OK.

De toute façon, j'avais pas fini de te raconter, tantôt. Y a tellement de choses que je sais plus ce que je commence, c'est mélangeant.

Tu sais, l'affaire avec le frère du gars de mon école, là, dans le char? Je sais que c'était une auto volée parce qu'avant de sortir, j'ai piqué le portefeuille qui traînait dans le porte-gobelet.

Je te niaise pas, y avait au moins deux mille piasses dedans. Je voulais le rendre, et puis finalement je me suis dit qu'il avait juste à pas se faire piquer son char, le gars. Y devait pas être net, net. Qui se promène avec deux mille dollars dans son char, à part un pimp, hein ?

En plus, j'ai vu ses cartes, il avait une face de pimp.

J'ai acheté plein de linge, le lendemain, pis un iPod. Pis un gros bracelet en cuir pour Baz, chez H&M. Je voulais lui prendre plein d'autres affaires, mais je connaissais pas sa taille. Le bracelet, c'était taille unique, donc ça allait.

Je suis arrivée chez lui avec tous mes sacs, pis lui, il est arrivé avec toutes ses questions.

« C'est quoi, tout ce linge-là ? », « Où t'as trouvé l'argent pour acheter tout ça ? », « T'es pas un peu jeune pour t'habiller de même ? »

J'ai fait comme si j'entendais pas, pis je lui ai demandé s'il voulait que j'essaie mon nouveau linge devant lui. Il a répondu : « Euh... », alors j'ai fait semblant de bouder jusqu'à ce qu'il dise oui.

Dans le lot, y avait une robe noire, ma préférée. Il a dit : « Ouin... pas mal sexy ! » ou un truc du genre. Il m'a aussi demandé ce qui s'était passé avec moi en une nuit, alors je lui ai dit que j'avais baisé avec le gars dans l'auto.

Enfin, je lui ai pas dit « dans l'auto » ni rien, j'ai enjolivé un peu, mais tsé... Jo m'avait conseillé de le rendre jaloux... Elle savait pas vraiment que c'était lui, elle pensait que c'était un gars de ma classe. Voir si je m'intéresserais à un gars de ma classe ! Anyway... Elle m'avait conseillé de le rendre jaloux, alors c'est ça que j'ai fait.

En tout cas, j'ai essayé. Je sais pas trop si ça a marché. Je sais pas à quoi ça ressemble, un gars jaloux, donc si ça se trouve il l'était pis j'ai rien remarqué.

Quand je lui ai demandé, il a dit qu'il l'était pas. Mais bon, ça doit être ce genre de sentiment, comme quand t'es triste. Si on te demande si t'es triste, tu réponds: « Non, j'ai juste de quoi dans l'œil » ou alors « Non, pauvre conne, c'est mes allergies ! »

Le soir, y avait un party chez lui, alors il m'a dit que je pouvais pas rester parce qu'il allait y avoir de l'alcool et tout.

J'ai boudé, j'ai insisté... mais il a pas voulu que je reste.

Je suis partie fâchée en espérant qu'il me rattrape dans la rue, mais c'est pas trop le genre de gars à faire ça.

Je suis allée voir le vieux Klop au dépanneur pour discuter un peu. J'aime bien ses histoires. « Où tu vas, habillée comme ça ? » qu'il m'a demandé.

J'ai dit : « Justement nulle part, parce qu'il y a un party qui va être génial chez le gars que j'aime, mais je suis pas invitée. » Il m'a dit que s'il m'invitait pas, il méritait pas que je l'aime.

J'ai failli répondre : « Ah ! Tu comprends rien, vieux Juif ! » mais je l'ai pas dit parce qu'il est quand même gentil, même s'il a aucune idée de ce qui se passe dans la vraie vie du vrai monde.

Il m'a donné une KitKat.

Je me suis sentie super coupable de l'avoir traité de vieux Juif dans ma tête, même si c'est pas vraiment une insulte. Alors je lui ai demandé de me raconter l'histoire de comment il a gagné le dépanneur aux cartes dans les années je sais plus combien, parce qu'il aime ça, la raconter. Elle change un peu à chaque fois, donc c'est pas comme s'il radotait.

Ce soir-là, ma mère travaillait de nuit, ou en tout cas, elle était pas là. Y a son horaire collé sur le frigo au cas où j'en aurais besoin, ou au cas où j'en aurais quelque chose à crisser, mais comme c'est pas le cas, je le regarde jamais.

Je me suis endormie sur le sofa. Je m'étais fait des nachos, c'était full bon, mais ça m'endort, les nachos, pis il était genre trois heures du matin quand je me suis réveillée.

J'étais plus fatiguée, alors je suis allée voir chez Baz si y avait encore de la lumière.

Y avait encore de la lumière et la porte était ouverte.

Il était en train de ranger. Y avait plein, plein, plein de bouteilles et de canettes partout et des cendriers pleins et ça collait par terre, et tout. Pis ça puait.

C'était super déprimant.

J'ai juste dit « allô » dans le cadre de porte. Je savais pas si j'avais le droit d'être là, s'il était encore fâché ou quoi...

...

Ouin...

...

En fait, j'ai mal raconté, tantôt.

Ça s'est pas vraiment passé comme je t'ai dit que ça s'était passé. Il s'est comme... énervé, à un moment donné, je me souviens plus vraiment pourquoi.

...

Wow.

C'est rendu que tu me coupes pis que tu supposes des affaires, ça va pas bien!

Si je te dis que je me souviens plus, c'est que je me souviens plus, tu me prends pour une menteuse ou quoi?

...

C'est presque comme je viens de te raconter: j'essayais mon linge, j'étais rendue à la robe noire. Il a dit quelque chose du genre: «Euh... c'est pas mal trop sexy pour ton âge, ça, me semble», et j'ai répondu que les gars aiment ça. Il a soupiré, pis il m'a dit qu'il y avait un party chez lui, alors qu'il fallait que je parte. J'ai insisté pour rester, il m'a dit que c'était pas de mon âge, qu'il allait y avoir de l'alcool et tout alors qu'il aimerait mieux que je rentre chez moi.

J'ai dit: «Tu dis tout le temps que c'est pas de mon âge, mais tu sais quoi? Hier, j'ai couché avec un gars, pis j'ai trouvé ça pas mal le fun, pour quelque chose de pas de mon âge, alors p'tête que ce sera la même chose avec l'alcool!»

Il a demandé : « Quoi ? Qu'est-ce que tu racontes ? C'est vrai ? »

J'ai répondu que oui, en le regardant droit dans les yeux. Je lui ai un peu raconté, pis il s'est mis à capoter. Comme quoi j'avais rien compris de ce qu'il m'avait dit, qu'il savait pas ce que j'avais dans la tête... Il m'a demandé c'était qui le gars.

« C'est qui le petit con qui a eu assez peu de cervelle pour faire ça avec toi ? Il sait quel âge t'as ? T'es vraiment pas ajustée dans ta tête, Aïcha ! » qu'il a dit.

Ou un truc du genre.

« T'es jaloux ? » que j'ai demandé, un peu pleine d'espoir.

C'était pas la bonne affaire à dire, visiblement. Ça l'a encore plus crinqué. Moi je trouvais que c'était une question légitime. Ben non, ça a d'l'air.

Il est reparti : « Ouais Aïcha. C'est ça. Tous les gars de la planète qui trouvent que c'est sick, une p'tite fille de treize ans qui se fait fourrer dans un char volé par un gars qu'elle connaît pas sont jaloux. C'est ça. Je suis jaloux. »

C'était du sarcasme, ça, by the way, au cas où tu...

Il a continué : « Ce que je t'ai dit, t'as juste eu l'air de le comprendre, t'as rien retenu ? Quand je te parle, ça rentre, en dedans, ou tu fais juste hocher la tête comme un chien en plastique en arrière d'un char ? Crisse, Aïcha ! Ça te tentait pas d'attendre de faire ça avec un gars que t'aimes vraiment ? Que ça veuille dire quelque chose ? Que ça te donne pas envie de vomir quand tu y repenses ? »

Je lui ai répondu que s'il avait voulu faire l'amour avec moi, que s'il était amoureux de moi aussi, que s'il m'aimait comme je l'aime, ce serait pas arrivé.

Il m'a dit : « Dégage. »

Alors j'ai dégagé.

Je suis allée me chercher un trio McDo à emporter avec le reste des sous du portefeuille du gars du char volé, pis je me suis installée en avant de chez Baz, pas trop proche pour pas faire stalkeuse, mais quand même assez pour voir l'entrée.

J'ai eu froid à un moment donné, mais c'était pas grave parce que j'avais tout mon linge dans mes sacs H&M. J'avais un peu l'air d'une freak, tu sais, comme les clochards avec tous leurs sacs-poubelles empilés dans leur chariot, là...

Je m'en foutais.

Ça dure longtemps, un party, hein ? Les gens commençaient à peine à arriver que j'étais déjà tannée.

Fait que je suis allée voir le vieux Klop, mais il était pas là. L'histoire de la KitKat, c'est vrai, mais c'était juste pas cette fois-là. Jo était avec un client, pis Mel était en crisse après un gars qui s'était arrêté pour l'insulter. Quand elle est dans cet état-là, c'est mieux de pas l'approcher.

Je suis rentrée à la maison, pis je me suis endormie devant la télé avec le trou dans l'écran.

C'était pas prévu, je voulais juste chiller une demi-heure pis retourner guetter en avant de chez Baz. Finalement, je me suis réveillée autour de deux heures et demie.

Y avait encore de la musique chez lui, mais moins fort que quand j'étais repassée en avant en revenant du dépanneur. C'était un détour, mais anyway j'avais rien d'autre à faire.

Je suis arrivée en même temps que des gens sortaient. Ils étaient complètement soûls, ils m'ont demandé s'il était pas un peu tard pour rentrer, à mon âge, et tout. Je leur ai fait un fuck, mais après j'ai regretté parce que je me suis dit que c'était peut-être des très bons amis à Baz, pis c'est toujours bien d'être amie avec les amis de ton chum.

Mais bon, c'était fait, c'était fait.

J'ai attendu dans l'escalier, en haut, que les derniers invités partent.

Il restait juste une personne.

C'était une fille. J'ai pas réussi à bien la voir, mais elle avait l'air grosse pis laitte.

« J'étais très contente de te rencontrer », qu'elle a dit. « Moi aussi », il a répondu. Elle a ajouté : « À bientôt, j'espère ! » en riant comme une grosse dinde laitte.

J'ai manqué de respiration, comme tantôt. J'ai cru que j'allais mourir, aussi. Ça m'a pris une bonne demi-heure avant de me remettre.

Après, je suis entrée, parce que je pensais qu'il allait dormir, pis je voulais juste... je sais pas. Être chez lui. Le voir.

Je sais pas.

Il était en train de ranger. Ça a pris quelques minutes avant qu'il se rende compte que j'étais là. C'était super cute, il trébuchait tout le temps, pis il parlait aux objets. Hakim aussi faisait ça quand il avait un peu trop bu.

Il a sursauté quand il m'a vue.

J'ai dit: «Je m'excuse, pour tantôt.»

Il s'est assis sur le divan, et il a tapoté à côté de lui pour que je vienne le rejoindre. Il m'a prise dans ses bras, et il m'a dit que c'était lui qui s'excusait. Il m'a caressé les cheveux, il m'a fait un bisou sur le haut du crâne...

Normalement, j'haïs ça, mais là, c'était différent.

Il m'a demandé si je comprenais pourquoi il pouvait pas. J'ai dit non. Il a ri un peu. Il a dit: «J'y casserais la gueule à ton gars d'hier soir. J'y ai pensé toute la soirée. Ça me dégoûte qu'il ait mis ses mains sales sur toi. Qu'il t'ait embrassée...

— Ben... techniquement, il m'a pas vraiment touchée, c'est plus moi qui...

— Je veux pas le savoir, Aïcha, s'il te plaît, arrête avec les détails. Ça me donne envie de vomir, je te jure. Je veux juste arrêter d'imaginer ça.

— Alors arrête! Pense à autre chose!»

C'était un clin d'œil à ce que je t'ai dit tantôt, mais il l'a pas pogné.

«Je peux pas! J'ai bu trois fois plus que j'aurais dû, y avait tous mes amis, ce soir, de la musique, des filles... Tout ce à quoi j'ai été capable de penser, c'est à toi et lui. Pourquoi t'as fait ça? Dis-moi que c'est pas à cause de moi.»

Tu sais, ces moments où le temps s'arrête, et t'es comme spectatrice de ce qui se passe? C'était un de ces moments-là.

Je regardais ça, et je me disais : « Wow, c'est en train d'arriver pour vrai. Vrai de vrai. »

Je lui ai dit : « Baz, je t'aime, c'est avec toi que je veux être. » Pis je l'ai embrassé.

Au début, il résistait un peu, mais je sentais qu'il avait envie aussi. Il a dit mon prénom deux fois. Ça m'a remplie de bonheur de l'entendre. C'est beau comment il dit « Aïcha ».

Il embrasse bien. Parfaitement. J'ai pas trop de matière à comparaison, mais je te jure, c'est celui qui embrasse le mieux au monde. Il me serrait fort contre lui, ses mains dans mes cheveux... dans mon dos...

J'avais envie de lui, tu peux pas savoir. J'aurais pu continuer de l'embrasser comme ça des heures, mais j'avais peur que mon ventre explose, tellement j'avais envie. Je lui ai demandé de dire mon nom encore. C'est cool, faire l'amour avec quelqu'un qui sait comment tu t'appelles. Il m'a caressé les cheveux et il m'a embrassée partout sur le visage et dans le cou. J'ai détaché sa ceinture. Il a dit : « Attends, Aïcha, non... »

Je lui ai demandé s'il avait envie, et j'ai répondu que moi aussi. Et j'ai ajouté : « Si tu me fais l'amour, ça va être ma première fois. »

Il m'a portée jusqu'à son lit en m'embrassant, il m'a déshabillée. On a ri un peu parce que la robe, toujours la même, est vraiment sexy, mais pas facile à enlever. Je l'ai aidé à retirer son chandail, ses jeans et ses boxers. Je l'ai regardé longtemps et je l'ai trouvé beau. De partout. Même complètement tout nu, je l'ai trouvé beau. Il s'est couché sur moi, entre mes jambes. Il était même pas lourd, ça m'étouffait même pas comme j'aurais pensé. On s'est encore embrassés un peu, mais j'avais tellement envie que je n'appréciais même plus ses baisers. J'ai écarté les cuisses le plus que je pouvais, j'ai mis mes mains sur ses fesses, et j'ai dit: «Baz... vas-y, j'en peux plus, ça me fait mal tellement j'ai envie.»

Il est entré tout doucement. Et le plaisir se multipliait par dix, centimètre par centimètre.

C'était bon, c'était tellement bon!

J'ai pleuré, tellement c'était bon.

Je répétais: «Baz, Baz, Baz...» et lui: «Aïcha... Oh! Aïcha!»

Il est venu sur mon ventre. J'aurais aimé qu'il vienne en dedans, mais c'était bien quand même.

Il m'a prise dans ses bras et il s'est endormi.

Moi, je dormais pas, j'apprivoisais le sperme collant sous mon nombril. «C'est parce que c'est à lui que je trouve pas ça dégueulasse», que je me disais.

J'ai léché mes doigts.

Je souriais comme une épaisse, et j'essayais de me coller le plus possible sur lui. Toute ma peau contre sa peau.

J'étais bien.

La fille dans l'escalier?

Je sais pas c'était qui, je l'ai pas bien vue.

...

OK, ouais. C'était elle.

Quel nom cave, hein? Élisanne Blais.

C'est même pas un prénom qui existe pour vrai! C'est comme un peu Élise, un peu Anne, mais pas vraiment. C'est genre deux moitiés de prénoms qui en font même pas un vrai beau. Pis Blais, c'est comme... Bleh!

«Tu vas reprendre de la choucroute, Élisanne?

— Bleh!»

N'importe quoi.

Oh! Tu peux bien me regarder avec ta face de «si j'étais toi je rirais pas de comment s'appelle le monde avec ton prénom arabe pis tes cheveux blonds et tes yeux bleus», mais tu peux pas comparer. Moi, c'est genre un style. C'est pas pareil. Pis moi, je m'en fous.

Moi, je m'en vais pas à des partys pour piquer le chum des autres avec mon gros cul pis ma face laitte. Je fais pas ça.

Sans farce, je la regardais discuter avec Baz dans le cadre de porte, et je lui envoyais des messages subliminaux genre « décrisse, grosse vache », mais elle captait pas la télépathie, elle stickait là comme une gomme en dessous d'un Adidas. Tsé quand tu dois l'enlever avec un X-Acto ou la pointe d'un compas parce que sinon ça colle à chaque fois que tu poses le pied par terre, pis c'est gossant comme le crisse ?

Anyway.

Elle était là qu'elle parlait pis qu'elle racontait sa vie, pis elle restait là à lui dire qu'elle était contente de l'avoir rencontré et tout... Évidemment, qu'elle était contente de l'avoir rencontré ! C'est comme si je rencontrais... Tony Montana, mettons. Je serais contente, mais j'y dirais pas, parce qu'il me répondrait : « Évidemment que t'es contente, bébé, je suis Tony Montana. »

Ben là, c'est pareil. Quand tu rencontres Baz, ta vie change pis elle devient meilleure, t'es contente, mais tu le dis pas. Tu prends tes affaires et tu décrisses.

Parce qu'il est à moi.

...

En passant, je sais que Tony Montana, c'est pas un vrai quelqu'un, hein. C'était juste un exemple, je suis pas complètement conne. Mais j'ai juste pas trouvé avec qui je pourrais comparer pour que tu comprennes. Parce que, objectivement, y a pas grand monde d'aussi cool que Baz qui existe pour vrai. Mais tu peux pas savoir parce que tu le connais pas.

...

Des fois je me dis qu'elle doit être plate, ta vie.

J'ai pas envie de parler d'Élisanne Blais.

Pas tout de suite.

Je t'ai dit que j'allais tout te raconter, mais pas tout de suite. Je me souviens plus, anyway.

Pourquoi on doit parler d'elle ?

C'est un truc qui m'énerve, ça.

La mère de la mère de ma mère, elle s'appelait Nana, pis c'était une vieille conne méchante pis folle. Objectivement, hein. Pas juste selon mes standards à moi. Tout le monde trouvait ça, même ma mère.

On était allées la voir, une fois, en France, du temps que ma mère parlait encore à sa famille.

Elle me pinçait.

Je te jure, elle me pinçait pour vrai. Les cuisses pis le gras de bras et tout.

Moi, je me souviens pas, mais on m'a raconté, ou j'ai entendu une conversation entre je sais plus qui et je sais plus qui.

C'était le genre de bonne femme dont t'aurais pas été surprise d'apprendre qu'elle enterrait des bébés vivants dans son jardin. Ou pire, qu'elle noyait des petits chiens vivants, ou des chatons.

C'est moins grave des chatons, parce qu'en fin de compte, c'est rien que juste des chats, pis les chats, j'haïs ça, mais quand même... C'est cute quand c'est petit pis que ça se crisse pas encore de toi. Moi, je noierais pas de chatons. Jamais.

Mais Nana, je suis sûre que oui.

Bref, c'était une vieille pute folle.

Eh ben, tu sais quoi? Quand elle est morte, personne a été danser sur sa tombe, personne a craché dans son cercueil, personne a dit: «Yé! La vieille est crevée!» Tout le monde se lamentait: «Oh... c'est donc triste que Nana soit morte.»

Moi là, si j'avais su qu'elle m'avait pincée, pis qu'elle m'appelait la petite bâtarde, j'aurais chié dedans, sa tombe. J'y aurais même pas mis de tombe, d'ailleurs. Je l'aurais laissée pourrir sur un pic, pis je l'aurais laissée se faire bouffer les yeux par les pigeons pis les entrailles par les rats, la vieille salope.

...

Mais je sais plus pourquoi je te racontais ça.

Ah oui. Parce que ça m'écœure que dès que quelqu'un meurt, tout de suite, c'est rendu une personne cool, pis tout le monde en parle, alors que quand elle était vivante, c'était rien qu'une raclure pis on voulait juste oublier qu'elle existait.

Je sais pas pourquoi les gens font ça. P'tête pour pas se sentir coupables d'avoir souhaité qu'elle crève. Ou pour pas se faire écœurer par son fantôme, ou je sais pas quoi. En même temps, Nana, ce serait bien le genre à revenir d'entre les morts pour te terroriser donc, dans son cas à elle, ça se comprend.

Élisanne Blais, c'était une insignifiante vivante, et ce sera une insignifiante morte. Pas le genre à te réveiller toutes les nuits à 3 h 13 en tapant un message en morse sur le mur entre ta chambre et le salon. Elle me fait pas peur, Élisanne Blais.

Si tu veux en parler, attends-toi pas à ce que je te dise qu'elle était belle, qu'elle était fine pis que tout le monde l'aimait pis que « c'est donc triste qu'elle soit plus parmi nous », parce que c'est pas vrai.

Vas-y, demande-moi. Qu'est-ce que tu veux savoir sur elle ?

Je t'ai déjà dit qu'elle était conne, pis laitte, pis pas intéressante, alors tu sais pas mal tout. Pis tu sais déjà que Baz c'est le gars le plus merveilleux de la planète. Donc, automatiquement, si t'es pas trop niaiseuse, tu devrais arriver à la même conclusion que moi.

...

Élisanne Blais, là... dès le départ, elle avait aucune chance avec Baz. Même avec ses grosses boules molles. Même en faisant la belle avec ses « ça m'a fait plaisir de te rencontrer blablabla ». Fait que j'ai rien vu venir.

Rien.

Je me suis fait avoir comme une débutante. C'est excusable, parce que je débute, mais quand même. J'ai vu plein de films, j'aurais dû le savoir qu'elle allait rester dans le décor pour me pourrir la vie. Avec ses grosses boules, et tout.

...

Ça se pouvait pas que Baz sorte avec elle... Avec ses longs cheveux bruns frisés comme dans une pub, pis sa taille tellement fine qu'on aurait dit que son cul était huit fois large comme... je sais pas. Un cul normal, mettons.

Pis tu l'aurais vue le bouger, son cul, en marchant ! Un coup à droite, un coup à gauche... Comme si tout fucking Montréal était pendu à ses fesses, qu'elle était sur un podium ou je sais pas quoi. Madame Je-me-prends-pour-une-star-et-je-rentre-chez-le-monde-comme-si-je-possédais-la-place.

En tout cas.

...

Je sais pas trop quoi te dire d'autre sur elle. À part que ça se pouvait pas que Baz soit amoureux d'elle, parce qu'il est amoureux de moi, même s'il veut pas. Il a juste pogné la première insignifiante de son âge pour faire comme si c'était pas moi qu'il aimait.

Ouais.

Dans le fond, là... C'est pas pour ses boules, pour ses cheveux ou pour son cul, qu'il l'a voulue, c'est à cause de son année de naissance. Uniquement. J'en suis sûre.

Tu m'as pas répondu, tantôt. Ma mère, elle va venir ou pas ?

Pas que j'en aie quelque chose à foutre qu'elle capote, mais elle doit capoter.

Je devais aller voir un show avec elle, demain. Tu penses que je pourrai y aller ? Pour sa fête, elle a dit qu'elle aimerait ça qu'on passe une bonne soirée toutes les deux. Fait qu'elle m'a demandé si y avait quelque chose que ça me tentait d'aller voir.

Je sais pas ce qui m'a pris, j'ai eu envie de lui faire plaisir. Un moment de faiblesse, je suppose.

Je suis rentrée à la maison, l'autre fois, je savais pas qu'elle était là, parce que je regarde pas l'horaire qu'elle a collé sur le frigo, comme je te disais tantôt.

Je l'ai réveillée en faisant tomber une étagère, pis deux, trois autres trucs, dans ma chambre, sans faire exprès. Ça m'a mise en crisse alors j'ai crié un peu... Donc elle est venue, pis elle a essayé de me calmer.

En général, ça m'énerve encore plus quand elle fait ça, parce que j'ai pas besoin d'elle et tout... Mais là, j'avais trop de monde à haïr, trop de choses qui m'énervaient. J'avais besoin de toute mon énergie pour être malheureuse et fâchée, alors je me suis laissé faire.

Pis honnêtement, ma mère, c'est une sale conne et tout, mais ça avait du sens, ce qu'elle disait. Comme quoi elle comprenait que je sois fâchée et que j'aie besoin de faire sortir tout le méchant, mais que ça servait à rien de tout casser dans ma chambre, parce que, au final, c'était moi que je punissais parce que c'est mes trucs que je brise à chaque fois.

Ouin...

J'avais pas fait exprès de tout casser, mais un peu quand même.

...

Ça m'arrive quand je suis vraiment en crisse. J'ai toujours fait ça, ça me défoule.

Je sais pas trop comment expliquer ce moment avec ma mère. Tu sais, quand les gens disent « c'était un moment d'égarement », genre le gars qui trompe sa femme et c'est ça son excuse ?

Je le comprends.

Ce moment-là, avec ma mère, c'était un moment d'égarement. Quand toute ta vie tu te fais un chemin que tu veux suivre, tu te fais un devoir de rester sur une ligne, c'est ça qui te définit, c'est ça qui fait qui tu es... Pis là, il t'arrive plein de trucs qui font que tu viens... épuisée, genre. Mais vraiment épuisée, je parle. Épuisée comme quand t'as plus du tout de vie en dedans. T'es vidée de ton sang, de ton eau, de tout ce qui fait que tu es toi.

T'es tellement vide que t'as juste tes organes qui restent en dedans. Ton cœur qui continue de battre rien que pour te narguer, on dirait.

Tu voudrais crever, ce serait reposant, mais non. Il continue de battre, ce salaud, pis chaque battement, ça t'épuise encore plus, c'est de la torture. Tu voudrais supplier, mais t'as personne à supplier. Tu pourrais demander à Dieu d'arrêter de te faire chier, mais ça se saurait s'il répondait aux requêtes, mettons qu'il existe, genre.

On s'entend que dans cet état-là, haïr ta mère, c'est le dernier de tes soucis.

Fait que, c'est ça. Moment d'égarement. Moment de faiblesse.

On s'est fait un câlin.

Elle m'a fait un câlin ; moi, j'ai subi.

J'étais tellement mal et découragée, et tout ce que je viens de t'expliquer, que j'ai presque trouvé ça le fun. Pas le fun genre « Ha ! ha ! ha ! », le fun genre… reposant.

…

Maintenant que j'y pense, je pense que je l'ai appelée maman.

Elle m'a serrée fort, fort. Tellement que je me suis dit : « Ça y est, elle m'a pognée, maintenant elle va me faire payer toutes les mardes que j'y ai fait endurer, elle va m'étouffer. Pis quand ils vont me trouver morte, elle va plaider la légitime défense. Ou alors, pour cacher son crime, elle va me couper en morceaux et elle va me crisser dans ses plants de tomates, pis quand les gens vont lui demander où je suis, elle va dire que j'ai fugué ou que

Hakim est venu me chercher pis que je suis partie avec lui et bon débarras.»

Tu sais c'est quoi, le pire?

Le pire, c'est que personne me chercherait, si ma mère me coupait en morceaux pour que je serve d'engrais à ses plantes. Je me suis dit ça, pendant qu'elle serrait trop fort.

Baz me chercherait pas, parce que... tsé... on s'était comme vraiment engueulés, c'est un peu pour ça que j'avais pété une coche, pis il avait sous-entendu qu'il voulait pu me voir, tout ça à cause de l'autre salope.

Pas ma mère, hein. L'*autre* salope, j'ai dit.

Anyway. Ça fait que je me disais qu'il me chercherait pas.

Mel pis Jo, elles passent leur temps à dire que je devrais pas traîner dans les rues, que je devrais me trouver des amis de mon âge et tout, alors elles se diraient que je les ai écoutées, elles s'inquiéteraient pas.

Le vieux Klop, il se souvient pas de moi d'une fois que je rentre dans son dép' à l'autre, alors imagine...

Non.

Personne me chercherait.

Mais, tu sais quoi? Mettons que ce soit quelqu'un d'autre que ma mère qui me découpe pour me mettre dans des pots de fleurs, je suis sûre qu'elle, elle finirait par se demander où je suis.

Ça m'a fait freaker, d'imaginer ça.

J'ai pleuré, pleuré, pleuré, tellement qu'on savait pas trop si c'était de la morve ou des larmes ou du sang qui coulait à force de frotter mes yeux.

J'aurais aimé ça, pleurer des larmes de sang, à ce moment-là, faut dire. Mais non, c'était juste de la morve. Ou des larmes. Comme je t'ai dit, on savait pas.

Y avait pas juste l'affaire de Baz, y avait tout ensemble, en même temps. Treize ans de marde.

Hakim qui se pousse, le monde à l'école qui m'haït, la crisse de vieille Nana qui m'appelle la petite bâtarde, le gars du char volé, ma mère... ma mère...

Ça a l'air de rien, comme ça, treize ans, pour toi qui en a genre... mille, mais pour moi, c'est comme... toute ma vie.

C'est long longtemps, toute une vie, même si c'est juste treize ans.

...

Enfin bref, elle m'a demandé si je m'étais mise dans cet état à cause d'elle, si elle pouvait faire quelque chose. J'aurais voulu répondre: «Voyons, t'es pas le centre du monde, crisse d'insignifiante», mais j'avais toujours ce manque d'énergie pis de fluide vital qui faisait que j'étais obligée de rester dans ses bras. Alors j'ai juste répondu: «Non.» Mais j'ai hoché la tête quand elle a supposé que c'était à cause d'un garçon.

Elle a débité des banalités sur les gars et les filles... Comme quoi si un gars voyait pas combien j'étais merveilleuse il me méritait pas, ce genre de bullshit.

Elle a proposé qu'on aille manger au resto pis au cinéma son prochain jour de congé, pis blablabla, je sais plus quoi, pour me remonter le moral.

Je vois pas en quoi ça m'aurait remonté le moral. D'autant plus que son prochain jour de congé, toujours selon l'horaire que je regarde jamais, c'était dans full longtemps.

Ma mère : spécialiste de j'arrive après l'incendie pour l'éteindre avec un seau de pisse.

J'ai dit oui pareil. Enfin, j'ai hoché.

Elle a eu l'air contente.

Elle s'est levée de par terre, parce qu'on était assises par terre, pis elle a dit qu'elle allait me faire des pâtes au beurre. Ça m'a fait plaisir. Parce que, ça fait chier, mais elle fait les meilleures pâtes au beurre du monde.

Bref.

Elle m'a dit : « Je t'aime Aïcha », pis elle avait l'air de le penser.

Pendant une seconde ou deux, j'ai eu le feeling de pouvoir tout faire. Tu sais, tout le manque d'énergie que je t'expliquais tantôt, là... Tout ça, ça avait disparu. J'étais boostée comme Mario après avoir touché une étoile, genre.

Comme j'étais invincible, j'en ai profité pour retourner chez Baz.

...

Je te l'ai dit, tantôt, qu'on s'était disputés, Baz et moi, ce soir-là. C'était à cause de l'ostie d'Élisanne Blais.

J'ai vraiment l'impression que t'écoutes rien, quand je te parle. C'est pour ça, que t'enregistres tout? Pour pouvoir penser à autre chose par moments, pis comme tu peux réécouter après, tu te sens pas coupable?

Je peux te faire des pauses publicitaires, si je te demande trop de concentration, tsé, comme ça tu pourras décrocher une fois de temps en temps.

Tu me fais capoter.

C'est pas comme si c'était difficile à suivre, comme histoire, pourtant.

Anyway.

Baz, il barre jamais sa porte. Il est de même. Sinon, quand il oublie ses clés, il est enfermé dehors, qu'il dit. Fait que quand j'ai le goût de le voir, je vais chez lui, pis je l'attends.

J'imagine comment ce sera quand on habitera ensemble, et tout. Une fois, j'ai même apporté ma brosse à dents pour la mettre à côté de la sienne.

Je peux pas dire qu'il trippe ben gros là-dessus.

« Je t'ai dit que tu pouvais venir en cas d'urgence. Là, c'est quoi, l'urgence ?

— J'avais le goût de te voir.

— OK... Mais la prochaine fois que ça te pogne, tu sonnes, et si je suis pas là, tu reviens plus tard, d'accord ?

— Mais j'aime ça être dans tes affaires...

— Ouais, c'est ça... *Mes* affaires. »

C'était notre première chicane de couple. Enfin, sur un sujet de couple. Tsé, le gars qui a besoin de sa liberté et tout... C'est Jo qui m'avait prévenue que ça allait arriver. Faut pas trop les étouffer sinon ils capotent. Pis, rentrer chez lui quand il est pas là pis l'attendre ou le rejoindre pendant qu'il dort la nuit, il paraît que c'est étouffant.

Moi je trouve ça cute, mais bon.

Enfin, ouais. C'est ça.

Là, l'autre soir, je l'attendais chez lui. Mais j'étais super fière de moi parce que ça faisait longtemps que je me retenais. Au moins deux jours. Je pensais qu'il allait me dire que je lui avais manqué, qu'il s'inquiétait et tout...

Belle conne, tiens !

Il est rentré avec elle.

Il nous a présentées. Voir si j'en avais quelque chose à foutre de son prénom pis de ce qu'elle crisse dans la vie ! Elle m'a parlé comme à une débile, en plus. Comme à une gamine. Un peu plus et elle me demandait ce que j'avais demandé au père Noël et si j'avais été sage.

Même si j'avais attendu deux jours, pour pas l'étouffer, il était pas content. Deux jours !

Tout ça pour que pendant ce temps-là il se ramasse une autre fille pis qu'il soit en colère quand il rentre chez lui avec elle dans ma face.

Tu fais pas ça à quelqu'un qui a sa brosse à dents dans ta salle de bain, right?

OK, il m'avait pas autorisée à la laisser là, mais quand même... Ma brosse à dents a touché la sienne pendant le temps qu'elles ont partagé le même verre. Ça compte, non?

Oui, ça compte.

J'ai pas vraiment pu parler pendant que tout ça arrivait. J'étais comme dans les phares d'un camion. D'un crisse de gros camion.

«Aïcha, je t'ai demandé de ne plus entrer comme ça chez moi. Ça me dérange vraiment beaucoup.

— Mais ça fait deux jours...

— Ouais... Je pensais que t'avais compris ce que je t'ai expliqué.»

C'est nul, ce qu'il m'avait expliqué. J'avais pas à comprendre ce qu'il m'avait expliqué.

De toute façon, j'ai oublié.

La salope a dit qu'elle avait des trucs à faire, elle lui a fait un bisou sur la bouche pour lui dire au revoir.

Bang! Le camion dans la gueule.

Baz est venu se mettre à genoux devant moi, pis il m'a dit de pas pleurer. Qu'il fallait que je comprenne que ça se pouvait pas, lui et moi. Que ça le faisait capoter les sentiments que j'avais pour lui, qu'il voulait rien savoir qu'il se passe quoi que ce soit entre nous, qu'il était pas amoureux de moi, qu'il pensait pouvoir m'aider, au début, mais qu'il se rendait compte que cette relation me faisait plus de mal que de bien, blablablabla.

Je sais plus trop ce qui s'est passé après, mais je me suis ramassée chez moi, avec ma mère. Ce que je t'ai raconté tantôt.

...

Après ça, j'y suis retournée pour savoir.

Pourquoi un jour il m'aime et l'autre jour il m'aime plus ? Si c'est juste à cause de mon âge, je vais grandir, tsé. Il peut pas pas m'aimer, c'est pas possible, on s'entend bien, il me trouve belle, il me trouve drôle... T'as besoin de quoi de plus pour aimer quelqu'un ?

Rien, hein ?

Tout allait bien jusqu'à ce qu'elle arrive dans le décor, l'autre Élisanne Blais.

...

« P'tête que c'est jamais arrivé, je me suis dit. P'tête que j'ai rêvé. »

Quand je suis sortie de ma chambre, ma mère était en train de mettre les pâtes dans l'eau. En partant, je l'ai entendue me demander où j'allais et me dire que ça allait bientôt être prêt. Comme je répondais pas, elle a crié pour me demander si j'allais être revenue avant qu'elle parte travailler.

Elle est conne, ma mère. Elle pense que plus tu cries, plus on t'entend.

Alors que c'est quand tu chuchotes qu'on t'entend le mieux.

J'ai entendu à travers la porte que Baz jouait de la guitare. J'ai écouté pendant quelques minutes puis je suis entrée sans faire de bruit. Je me suis assise à côté de lui, mais il ne s'est pas arrêté de jouer, fait que j'ai attendu qu'il finisse sa toune.

J'ai posé ma tête sur son épaule. Il a soupiré, mais il a pas bougé.

« Tu l'aimes plus que moi ? j'ai demandé.

– Non, tu sais bien que non.

– Alors pourquoi elle t'embrasse sur la bouche et pas moi ? »

Il s'est levé pour déposer sa guitare à sa place, il m'a rejointe sur le divan, et il m'a embrassée. Sur la bouche.

Mieux qu'Élisanne Blais. Un long baiser significatif.

« C'est toi que j'aime. Pas elle. »

...

Quand je suis sortie de ma chambre, ma mère était en train de sortir les pâtes de l'eau.

« C'est prêt dans une minute. Assieds-toi, je t'apporte ton assiette. »

En vrai, j'y suis retournée le lendemain, chez lui. J'ai pas entendu sa guitare, alors j'ai frappé à la porte en arrivant. Tout doucement comme une petite souris.

Mais avant, j'avais marché un peu.

Tu sais comment des fois, quand tu marches, tout se replace? Tu te fais des petits films et des petits scénarios dans ta tête... «Il va dire ça, je vais répondre ça, pis là il va se passer ça. Mettons qu'il réponde autre chose, c'est pas grave, je vais faire comme si j'avais pas entendu.» Tu vois le genre? Tu couvres toutes les possibilités dans ta tête, comme ça t'es pas prise par surprise.

Tu vois, comme par exemple, qu'il rentre avec l'autre connasse moche folle, je l'avais pas prévu. Si je l'avais prévu...

Ouin, non, je sais pas.

Donc, j'ai marché. Je sais pas trop combien de temps. Longtemps. Je voulais me rendre jusqu'au fleuve. Tsé, j'aurais pu faire semblant de vouloir me jeter dedans et tout... Mais pour être assez proche du fleuve pour faire le grand saut, faut traverser Notre-Dame, pis c'est super dangereux avec les voitures et tout. D'un coup que je me serais fait frapper en allant faker mon suicide... ça aurait été ironique, hein ?

C'est le genre de conneries qui m'arrive, alors j'ai pas pris de chances. J'ai reviré de bord.

J'ai l'air de chialer, mais j'aime ça, l'ironie. Ça me fait chier, mais j'aime ça. Je trouve ça poétique.

C'est comme la Rive-Sud. C'est laid, c'est plate, tu veux pas y aller, mais c'est ça que tu vois, quand tu regardes par là-bas.

C'est par où, le sud ? Whatever. Tu vois ce que je veux dire. Pis quand t'es là, genre à Brossard ou je sais pas où, et que tu regardes Montréal, tu veux y être, c'est beau à pleurer, mais t'y es pas.

Ça aussi, c'est ironique. Compliqué, cruel, fatigant, mais ironique.

Tu veux que je continue d'en parler, ou tu veux revenir à quand je suis retournée chez Baz ?

Fait que, après avoir marché, je suis retournée chez Baz. Pis j'ai frappé tout doucement. J'ai gratté, presque. Il est venu m'ouvrir, pis il a eu l'air surpris. Je le regardais par en dessous pis je mordais ma lèvre. Celle du bas. Je donnais tout ce que j'avais pour être le plus cute possible.

Je voulais pas avoir l'air d'être revenue pour rien, alors j'ai enlevé mon chandail, *son* chandail qu'il m'avait prêté, en fait, pis je lui ai rendu. J'avais juste une toute petite camisole en dessous. Je te jure qu'il a regardé mes seins un peu. Pas beaucoup, pas longtemps, juste un peu.

Une seconde, même pas.

J'ai espéré qu'il était pas en train de les comparer avec ceux de l'autre. J'ai regretté l'idée du chandail, mais il était trop tard.

« Comme tu veux pus me voir, je viens te rendre ça », j'ai dit. Cute, piteuse, et à moitié à poil. S'il avait plu, j'aurais été mouillée, ça aurait été comme dans un film. Il m'aurait soulevée, frenchée, pis on aurait fait l'amour.

Il a soupiré, pis il a dit « entre » pis « assieds-toi ».

J'ai posé mon cul juste sur le bout du canapé. Comme si j'étais sur mon départ. Je me suis pas mise à l'aise parce que je savais pas ce qui allait se passer. Dans mes scénarios pendant mon marchage, j'avais pas prévu ça.

Il a commencé une longue tirade.

« Je voulais pas te faire de la peine, hier, Aïcha. Je veux pas "plus te voir", je veux juste que tu comprennes... que c'est compliqué. Mes sentiments pour toi... Je peux pas te donner ce que tu veux. Ça arrivera jamais. Mais ça veut pas dire que je t'aime pas, ça veut pas dire que j'aime pas passer du temps avec toi, ça veut pas dire que je te trouve pas jolie. C'est juste... mal. Je veux pas aller là. Tu comprends ? Aïcha, tu comprends ? »

J'ai hoché la tête.

Comme je savais pas si je comprenais ou pas, j'ai fait un cercle.

Il a rigolé.

Il m'a rendu son chandail et je l'ai remis.

« Donc tout est pareil comme avant ? Y a rien qui a changé ? » que j'ai demandé.

Il a soupiré en souriant, il s'est écrasé dans le fond du fauteuil, et il m'a attirée contre lui pour une colle. Il m'a donné un bec sur le haut du crâne, pis il m'a dit : « Non. Rien. »

Tout est redevenu parfait comme avant. Pendant... je sais pas... une ou deux semaines. P'tête trois.

J'essayais de respecter sa liberté et ce qu'il me demandait... On passait moins de temps ensemble, mais c'était du temps de qualité, tsé. On faisait des trucs le fun. Genre regarder des films, pis jouer de la guitare, pis faire à manger. Des affaires supposées être meilleures que des pâtes au beurre à base de fromage dégueu pourri pis de légumes qui existent pas pour vrai.

« Y a rien qui a changé », qu'il m'avait dit.

Tu sais comment on appelle ça ?

Un mensonge par omission.

Parce que pendant tout ce temps-là, il continuait de la voir, l'autre, pis de faire des trucs avec elle, pis de dormir avec elle, pis d'aller chez elle et tout. C'était genre... sa blonde ou je sais pas quoi.

Ils se voyaient. Pis y frenchaient. Pis y fourraient.

Pis il la touchait.

La grosse crisse.

C'est normal que j'aie été frue quand je m'en suis rendu compte, non ?

Non ?

Après tout ce qu'il m'avait dit... qu'il m'aimait et tout... qu'il voulait être avec moi...

...

Oui, il a dit ça. Je viens de te le dire.

Je pensais que tout allait être comme avant pour vrai, qu'elle allait disparaître et qu'on n'allait plus en entendre parler.

Je voulais plus en entendre parler.

Mais c'était pas une raison pour faire ça derrière mon dos, toutes ces saloperies ! Je pensais juste qu'elle allait être... tassée, effacée... Pas qu'il allait me cacher des affaires.

…

Quand tu sais que quelque chose fait de la peine à quelqu'un que t'aimes, parce qu'il m'aime, je le sais, ben tu le fais pas. Tu fais pas juste semblant de pas le faire. Tu me prends pas pour une conne.

Mais je suis pas fâchée contre Baz. Il a pas fait exprès.

Enfin, je sais pas.

Ce que je sais, c'est que c'est de sa faute à elle.

L'amour, c'est fatigant, hein ?

Ouin.

Je m'en suis rendu compte connement, qu'il la voyait, en plus.

Ça allait mieux avec ma mère, depuis un bout. Depuis la soirée que je t'ai racontée tantôt. On aurait dit qu'elle était moins conne, pendant un moment. On a même regardé un film de filles, ensemble. Une autre fois, on est allées acheter du linge pis après on est allées au resto. Genre un vrai resto, là. Pas au Saint-Hubert. Un où ils servent du tartare, et tout. J'aurais préféré Saint-Hubert, mais tu sais bien, ça peut jamais être parfait.

On a fait plein de trucs.

Et quand je faisais pas des trucs avec elle, je faisais des trucs avec Baz. Ça a été les trois semaines les plus remplies de ma vie. Même quand y se passait rien j'étais occupée à penser que j'étais bien.

Mais, comme toujours, tout s'est cassé la gueule d'un coup.

Hier soir, ma mère avait oublié son cell à la maison, sur la table du salon.

J'ai regardé dedans, évidemment. Tu vois pas un téléphone qui traîne sans fouiller, c'est pas humain.

C'est dégueulasse, ce que j'ai trouvé dedans.

Plein de textos qu'elle échange avec un gars. Phil. Depuis des semaines et des semaines, ils jouent aux amoureux, ils se textent des «bonne nuit» et des «je pense à toi» et elle veut pas que je le rencontre pour pas me traumatiser, je suis une enfant difficile, mais heureusement, depuis quelque temps on s'est rapprochées et elle va certainement réussir à m'en parler, blablablabla. Et ses réponses à deux cennes à lui : «Je t'aime», «Je ne peux plus vivre sans toi»… Fuck you ! Je suis sûre que t'es chauve.

Anyway.

J'aime pas qu'on me mente et qu'on me cache des trucs.

Fait que je suis allée voir Baz. Il est bon pour me calmer quand je suis en crisse. Puis aussi, j'avais besoin qu'il répare le téléphone de ma mère que j'avais pitché à terre sans faire exprès.

J'ai essayé d'entrer, mais la porte était barrée. La porte est jamais barrée. Jamais.

J'ai eu un mauvais feeling. Le septième sens féminin. Sixième ? Y en a combien, des sens, quatre ? Je confonds tout le temps.

En tout cas, j'ai eu comme un frisson dans le dos.

C'était elle qui avait fait ça, barrer la porte pour pas que j'entre, c'est sûr. J'étais certaine qu'elle était là.

Tu sais comme des fois on sent des choses ?

Là, je la sentais elle.

Au cas où la porte se barre toute seule, Baz, il laisse toujours la fenêtre du balcon débarrée aussi. Je m'étais tellement foutue de sa gueule quand il m'avait avoué ça ! Je l'ai aimé encore plus, à cause de ça, mais je me suis moquée de lui pour pas que ça paraisse.

Je suis entrée par la fenêtre, mais il était pas là.

Elle non plus, elle était pas là.

Y avait personne. Fait que je suis rentrée chez moi pis je me suis fait à souper.

C'est la vérité, je mens pas !

Je suis rentrée chez moi et je me suis fait un grilled-cheese. J'ai pris une douche, avant.

...

Il est où, Baz ? J'aimerais ça le voir. Il sait où je suis ?

Je m'en fous qu'il soit accusé de meurtre ! Je te dis qu'il a rien fait ! Il était même pas là !

Je te jure qu'il a rien fait.

Il était parti acheter des cigarettes au dépanneur. Ou je sais pas quoi à l'épicerie.

...

J'ai pas envie de te raconter ça maintenant. On peut discuter encore un peu ?

De quoi d'autre on pourrait parler ? Est-ce que ma mère va venir ?

...

Je comprends pas pourquoi il est accusé. Il est tellement cool, il aime même les chats.

C'est pas du tout ça que je voulais, j'ai pas réfléchi...

On s'aime, tu comprends ? Qu'est-ce qui va se passer maintenant ? Sans rire. Qu'est-ce qui va se passer ?

Donne-moi un verre d'eau et je vais te raconter.

...

Merci.

...

J'ai pas pris de douche, et après je me suis pas fait de grilled-cheese. On n'avait pus de fromage orange pis, anyway, j'avais pas faim.

J'ai allumé la nouvelle télé que ma mère a achetée, mais je la regardais pas. J'étais un peu étourdie. Pas vraiment étourdie... juste dans du coton. C'était un peu irréel, toute cette journée.

Je savais pas si je l'avais rêvée ou quoi. Je sais même pas si j'aurais mieux aimé.

Pour une fois qu'il se passait quelque chose...

Baz est venu frapper à la porte. C'est bizarre parce qu'il était jamais venu chez moi.

Je savais pas s'il allait être fâché ou quoi... ou juste triste, ou les deux.

Dès qu'il est entré, il m'a demandé ce que j'avais fait. Il était un peu sale, là et là.

J'ai répondu : « C'est pas moi, elle était de même quand je suis arrivée, pour vrai, je te jure, regarde ! » et j'ai craché par terre. Pour lui prouver, tsé.

Il a soupiré. Il a pris mes mains entre les siennes, il les a comme... examinées, pis il m'a regardée genre « tu veux me faire croire ça, alors que t'as encore du sang partout ».

C'est vrai que j'aurais pu me laver. Mais quand je suis arrivée à la maison, j'avais juste plus le courage de rien. J'avais mal partout, surtout aux bras. Regarde les bleus que j'ai, là. Et là.

« Pourquoi t'as fait ça ? » qu'il m'a demandé.

Sur le coup, je voulais pas répondre, je voulais faire la fille qui boude. Mais j'ai juste répondu la vérité.

«Parce que t'es à moi.»

Il m'a prise dans ses bras. Son nez dans mes cheveux. Il respirait tellement fort que ça faisait de la buée dans mon oreille. Il murmurait : «Je sais, Aïcha, je sais.»

Tsé, quand le gars que t'aimes pleure... t'es partagée entre vouloir le prendre dans tes bras, t'excuser pis t'arracher les organes un par un pour qu'il aille mieux... mais en même temps, t'es comme devant la triste réalité que... ouin... Y est pas invincible.

Mais ça passe, ça. Après, tu veux juste qu'il aille mieux. Tu voudrais revenir en arrière pour tout effacer.

Mais tu peux pas.

«Je m'excuse, je pensais pas que t'allais être aussi triste... En fait, j'ai pas pensé du tout. Mais p'tête qu'elle est pas morte, on peut p'tête retourner voir?»

Mais il m'a dit qu'il voulait plus que j'y retourne et d'oublier tout ce qui s'était passé.

«Tout quoi? j'ai demandé.

— Tout, tout, il a répondu.

— Tout?

— Aïcha, tout!»

Ça a l'air poche au max, comme dialogue, raconté de même, mais en vrai c'était full intense.

Il m'a aidée à me laver. À nettoyer tout le sang de partout...

...

On a fait l'amour, mais c'était triste. Pas comme les autres fois. Il bougeait lentement pis il serrait fort. J'ai pas aimé.

Je pensais juste à lui pis elle.

Je me demandais si c'était mieux, avec Élisanne Blais, vu qu'elle était plus expérimentée et tout. Je sais bien que le monde dit que faire l'amour, c'est mieux quand y en a dedans, de l'amour, mais faut dire ce qui est : elle avait des ostie de belles boules, la crisse.

Je suis sûre qu'il pouvait faire des trucs avec.

« T'as fait des trucs, avec ses boules ? »

Il a eu l'air de pas comprendre, alors j'ai répété. Il m'a dit qu'il avait bien compris la première fois. J'ai attendu qu'il me réponde, mais à la place il s'est juste décollé de moi, comme si c'était souffrant, pis il m'a fait promettre de ne pas oublier ce qu'il m'avait dit.

« Tu vas faire quoi ? » je lui ai demandé. Je promets pas sans savoir, faut pas niaiser avec ça. Pis tu vois, j'ai bien fait, finalement. Regarde la marde dans laquelle je serais si j'avais promis !

...

Ouin... pas pire que là, tu vas me dire, hein ?

Enfin, bref.

Il m'a répondu que je devais rester là. « Si tu m'aimes, tu bouges pas d'ici, il a dit. Tu dis rien. Tout va bien aller. » Avant qu'il parte, je lui ai dit que je l'aime. Il a soupiré. Pis il m'a fait un bisou sur la bouche.

J'ai pas été capable de le regarder s'éloigner par la fenêtre de ma chambre. Je savais que tout allait pas bien aller.

J'ai entendu les sirènes de la police au loin. J'ai couru pour demander à Jo et Mel ce qui se passait. Elles m'ont dit qu'un gars avait tué sa blonde, que c'était un bain de sang, treize coups de couteau, qu'on vit dans une époque de merde, qu'il faudrait le pendre par les couilles, que ça aurait pu être elles, et tout.

« Non, ça aurait pas pu être vous », j'ai dit. Pis je suis partie à la course.

Y avait encore des policiers en bas de chez lui. Ils voulaient m'empêcher de passer, mais j'ai crié que c'était moi qui l'avais tuée, la fille.

Ils m'ont pas crue, ils m'ont dit de dégager. Les sales cons.

Y en a un qui s'est approché et qui m'a demandé quel âge j'avais, et pourquoi j'étais dehors si tard. Je l'ai p'tête un peu frappé ou insulté, ou les deux. Je me souviens plus très bien.

Ils m'ont embarquée.

Je l'ai dit à huit personnes différentes que c'est moi qui l'ai tuée, pas lui. Personne me croit. Pourquoi personne me croit ?

Qu'est-ce qui va lui arriver ?

Il va pas aller en prison, hein ? Hein ?

Qu'est-ce qui va se passer maintenant ?

...

Tu réponds rien.

Je t'ai tout raconté pis tu réponds rien. Tu m'avais dit que tu pourrais m'aider.

...

Qu'est-ce que ça change, qu'il ait avoué ?

Moi aussi, j'en dis plein, des affaires, pis c'est pas toujours vrai ! Je te jure que c'est moi, je te jure ! Note-le, que c'est moi, sur ton carnet ! C'est la vérité, ce que je t'ai raconté, tout, tout, tout, c'est vrai.

Pourquoi il a dit que c'était lui ? C'est pas lui, je te jure !

Je peux le voir ?

S'il te plaît !

...

J'aurais dû réfléchir avant, mais des fois je... perds la carte, comme.

...

Qu'est-ce qui va lui arriver ?

Il va aller en prison ?

Pourquoi les trucs plates arrivent dans la vraie vie et les trucs le fun c'est juste à Hollywood ou je sais pas quoi ? Non sans farce... dis-moi ce qui va lui arriver. Je veux pas qu'il aille en prison, il peut pas aller en prison, tu comprends ?

Tu comprends ?

Pourquoi il a dit que c'était lui ?

...

Si je te dis toute la vérité pour vrai de vrai, il va être correct ?

...

C'est ça le but de tout ça, non ?

C'est pour ça que je te raconte ma vie depuis... depuis combien de temps, d'ailleurs ? Quatre, cinq heures ?

Tout ce que tu notes, là, ça va faire que tu vas leur dire, que c'est pas lui, hein ?

...

Donc, oui ? Si je te dis la vraie vérité, il va être correct ?

OK.

Je suis rentrée chez lui, et elle était là. Dans son lit, endormie. Toute nue. Avec ses seins, ses cheveux, et tout.

Ça m'a fait mal. Pas un peu mal, là. Mal à en mourir de douleur. T'as jamais eu mal de même. Personne. Jamais.

J'ai voulu que ça s'arrête. Fallait que ça s'arrête.

Tout s'est bousculé dans ma tête. Plein d'images, de sons...

J'ai voulu qu'elle meure.

Y avait plein de vaisselle sale dans l'évier, mais son couteau, Baz le lave toujours drette après l'avoir utilisé, pis il le range toujours dans le bloc à couteaux. Fait qu'il a été facile à trouver.

Voilà.

Il est venu me rejoindre chez moi, après... après.

Encore maintenant, je sais pas c'était quoi ses sentiments. Il pleurait, mais des fois tu peux pleurer de colère ou de mal. Des fois tu peux être triste, mais pas pour la raison pour laquelle tu devrais être triste.

Il s'est assis sur le canapé dans le salon.

Il tremblait tellement, il était tellement blanc qu'on aurait dit qu'il allait se briser ou juste disparaître. Ça m'a foutu la chienne.

La cendre de sa cigarette est tombée sur le tapis. Je me suis dit que ça allait faire une marque pis que ma mère allait gueuler. En temps normal, il l'aurait ramassée, mais là je suis même pas sûre qu'il se rendait compte qu'il y avait une cigarette qui se consumait dans sa main.

Il m'a demandé ce que j'avais fait.

J'ai dit : « Je m'excuse », parce que je crois que c'était une question rhétorique. Tu sais, quand quelqu'un pose une question, mais que c'est pas vraiment une question.

Il me regardait et il avait l'air tellement triste... comme quelqu'un qui va mourir et qui trouve pas ça le fun. Je lui ai redit que je m'excusais. Que je voulais pas qu'il soit triste. Que je l'aimais, et tout.

Il s'est mis à pleurer. À trembler vraiment fort, comme un oiseau en train de mourir. Ses yeux avaient l'air encore plus rouges dans son visage tout blanc et tout mouillé.

Je l'avais rendu laid.

« Pourquoi t'as fait ça, Aïcha ? Comment t'as pu faire ça ?

— Je m'excuse... je... m'excuse. »

Il avait du sang sur les mains, sur ses jeans et sur la manche de son chandail. On aurait dit un cheval, un peu, cette trace. Une face de cheval, de profil.

Je suis bonne pour les descriptions, mais je serais pas capable de t'expliquer ses yeux. Tous les sentiments qu'il y avait dedans. J'ai pas assez d'expérience en regards.

On est restés là un moment. Lui à fixer le vide comme un possédé. Moi sur le divan à côté, mais tellement loin que j'avais l'impression que si je criais, ça se rendrait même pas jusqu'à lui.

Je sais pas combien de temps on est restés comme ça. Une heure... trois jours... un mois. P'tête dix minutes, je sais pas.

Il a reniflé, il s'est levé d'un coup et il a dit : « Faut que tu te laves les mains, que tu prennes une douche et que tu te changes... OK ? »

J'ai juste hoché la tête.

Depuis un moment, ça allait pas mal trop vite, et là, ça allait tellement lentement que j'entendais presque sa voix plus grave que d'habitude.

« J'ai jeté ton couteau dans la poubelle en bas », je lui ai dit, pendant qu'il m'aidait à nettoyer le sang sous mes ongles.

Il est descendu le chercher pendant que je prenais ma douche. Je me suis enroulée dans une serviette et je l'ai rejoint dans le salon. Il avait le couteau dans sa ceinture et mes vêtements dans un sac.

« Tu vas les laver ?

— Non, je vais les jeter. Si on te pose des questions, t'es restée ici toute la soirée, toute la nuit. Tu racontes rien, OK ?

— Pourquoi ? Tu vas faire quoi ?

— Aïcha, c'est important ce que je te dis. Tu comprends ? Raconte jamais ce qui s'est passé à personne. Si tu m'aimes, tu vas rester ici et tu vas utiliser tous tes talents tordus pour raconter des histoires et faire croire à tout le monde que t'es au courant de rien, OK ? Si tu m'aimes pour vrai, tu vas faire ce que je te dis. Tu m'aimes ?

— Oui, je t'aime, mais qu'est-ce qui va se passer ? »

Et j'ai toujours pas promis, tu remarques bien, hein ! Note-le, que j'ai pas promis, sur ton carnet.

Il m'a pas répondu, alors j'ai pensé qu'il allait foutre le feu à son appart et m'emmener quelque part de cool où vivre, genre Outremont, mais à la plage. Et avec du monde pas de balai dans le cul. Pas de monde, en fait. Juste nous deux. Une île déserte rien que pour nous, comme dans *James Bond*, je sais plus lequel. Tu vois lequel ? Celui avec la blonde, là ?

Je me disais qu'on allait finalement pouvoir être ensemble pour vrai.

J'avais encore des gouttes partout sur le corps, je m'étais pas séchée. Quand il me caressait avec son pouce, ça faisait des lignes d'eau. Il m'a frottée un peu pour me sécher. Il avait peur que j'aie froid. « Ta serviette est toute mouillée », qu'il a dit.

Je l'ai enlevée. Il a avalé sa salive et quand il a essayé de regarder ailleurs, je me suis penchée pour l'embrasser.

...

Quand je l'ai regardé partir par la fenêtre, je souriais.

Je suis retournée dans le salon pour écrire une lettre d'adieu à ma mère.

…

Je savais pas trop quoi écrire, dans cette maudite lettre. Je prépensais des affaires qui voulaient juste pas sortir. Pas des trucs gentils, mais des trucs… pas méchants. J'étais plus tellement fâchée à cause du chauve. J'étais même un peu contente pour elle. Mais c'était comme toutes ces fois où mes membres décident par eux-mêmes ce qu'ils ont le goût de faire. Comme si ma main refusait de bouger. Alors j'ai laissé faire.

Baz m'avait pas dit de préparer ma valise, mais j'ai quand même mis la photo d'Hakim dans mon sac pis j'ai pris ma brosse à dents et mon gloss à la cerise, aussi.

Je voulais pas avoir l'air du cul et une haleine de bouche d'égout le premier matin qu'on allait se réveiller ensemble pour vrai ! Tsé.

Dans les films, ils sont toujours beaux, ils puent jamais. Et c'était un peu un film, on aurait dit, qui était en train de se jouer. Encore un peu, maintenant, d'ailleurs… non ?

Fait que c'est ça. Y a eu les sirènes… j'ai couru, j'ai crié…

Le reste, après, tu le sais.

Plus ou moins.

…

Avant de s'en aller, il m'a pas expliqué où on irait. Il a pas parlé d'île déserte, ni rien. Même pas d'Outremont.

Il m'a juste donné un bec sur la bouche, pis il m'a dit :

« Moi aussi, je t'aime, Aïcha.

Moi aussi. »

De la même auteure

Lucie le chien, Éditions du Septentrion, 2006
(k), Les éditions de la courte échelle, 2009
Chercher Sam, Cheval d'août, 2014

Sophie Bienvenu

Après une formation en communication visuelle à Paris, Sophie Bienvenu exerce divers métiers. Elle plante ses racines au Québec en 2001 et s'affirme rapidement comme une blogueuse à succès. En 2006, elle publie *Lucie le chien*, des chroniques anthropomorphiques, chez Septentrion, et en 2009, une série feuilleton, *(k)*, à la courte échelle. *Et au pire, on se mariera* est sa première incursion du côté du roman.

La Mèche

BIENVENU, Sophie
Et au pire, on se mariera, 2011

MCCOMBER, Éric
La Solde, 2011

MARTEL, Jean-Philippe
Comme des sentinelles, 2012

NICOL, Patrick
Terre des cons, 2012

MAJOR, Françoise
Dans le noir jamais noir, 2013

FORTIER, Jean-Michel
Le chasseur inconnu, 2014

Collection Les doigts ont soif

BOULERICE, Simon
Martine à la plage, 2012

SYLVESTRE, Daniel
Série *Carnets libres* :
Fous, folles, vol. I, 2012
Le compteur intelligent, vol. II, 2013

L'Ouvroir

LAVERDURE, Bertrand – SAMSON, Pierre
Lettres crues, 2012

TURCOTTE, ÉLISE
Autobiographie de l'esprit, 2013

MARQUIS

Québec, Canada

RECYCLÉ
Papier fait à partir de matériaux recyclés
FSC® C103567
FSC
www.fsc.org

Imprimé sur du Rolland Enviro,
contenant 100% de fibres postconsommation,
fabriqué à partir d'énergie biogaz et certifié FSC®,
ÉCOLOGO, Procédé sans chlore et Garant des forêts intactes.

PERMANENT

100%

BIO GAZ® ÉNERGIE

PROCESSED CHLORINE FREE · PROCÉDÉ SANS CHLORE

Garant des forêts intactes[MC]